KB152468

천 번의 아침식사

ONE THOUSAND BREAKFASTS

우리의 아침식사와 여행의 추억을 위해서

For the memory of our breakfasts and travels

천 번의 아침식사

ONE THOUSAND BREAKFASTS

2014년 9월 20일 초판 1쇄 인쇄
2014년 9월 30일 초판 1쇄 발행

지은이 | 박진배, 하워드 블래닝
사　진 | 박진배
펴낸이 | 김태화
펴낸곳 | 파라북스
편　집 | 박명욱
디자인 | 박광자
마케팅 | 박경만
인　쇄 | 청산인쇄

등록번호 | 제313 - 2004 - 000003호
등록일자 | 2004년 1월 7일
주소 | 서울특별시 마포구 월드컵북로6길 93 (연남동)
전화 | 02) 322 - 5353　팩스 | 02) 334 - 0748

ISBN 978 - 89 - 93212 - 62 - 4(03810)
값 19,500원

천 번의 아침식사

박진배, 하워드 블래닝 함께 씀

파라북스

CONTENTS

© 이한구

박진배 교수에 대하여

1963년 대한민국 서울에서 태어났다. 상대, 가정대, 미대, 공대를 졸업하고 각기 다른 네 개의 학위를 받았다. OB 시그램 스쿨 69기생이며, 뉴욕의 도쿄 스시 아카데미를 졸업했다. 미국 마이애미 대학교의 건축 실내디자인학과 교수를 거쳐 현재는 뉴욕 FIT의 교수로 재직 중이다. 『디자인 파워플레이』『영화 디자인으로 보기』『호텔경영과 디자인팔레트』『뉴욕 아이디어』 등 일곱 권의 저서와 『미래디자인 선언』『사랑을 찾아서』 등의 번역서를 출간했다. 조선일보에 아침 논단과 시론을, 문화일보, 매일경제, 일간스포츠 등에 디자인과 문화에 관한 칼럼을 연재했다. 인테리어 디자이너로 서울의 '르 클럽 드 뱅(Le Club de Vin)', '민가다헌(閔家茶軒)', '베라짜노(Verrazzano)', 로스엔젤레스의 '셰 마리오(Che Mario)', 뉴욕의 '사일로 카페(Silo Cafe)' 등을 디자인했다. 레스토랑과 외식 컨설턴트로 다수의 프로젝트를 자문했으며, 뉴욕의 '프레임 카페(FRAME gourmet eatery)'를 창업했다. 미 동부 '한식 세계화 추진 위원회', 미주 '한인 셰프 협회'의 자문을 맡고 있다.

살면서 두 명의 멘토를 만났다. 첫 번째 멘토인 마이애미 대학교 연극학과의 하워드 블래닝 교수를 통해 연극과 셰익스피어를 알게 되었고, 아울러 오페라, 발레를 포함한 대부분의 공연을 감상하고 즐기게 되었다. 두 번째 멘토인 이토 야스오 사장으로부터는 레스토랑의 본질과 철학, 그리고 '이끼(いき)'의 세계를 배웠다. 호텔을 옮겨 다니며 잠을 자는 것, 레스토랑에서 맛있는 음식을 먹는 것, 각종 시장을 구경하는 것을 좋아한다. 호텔 객실 문고리에 거는 'Do Not Disturb' 사인과 레스토랑의 메뉴판을 모은다. 디자이너로는 드물게 수학과 스포츠를 좋아한다.

여행을 많이 다니는데, 널리 알려진 유명 여행지보다는 사람들이 잘 가지 않는 작은 시골 마을을 더 선호한다. 이제까지 방문했던 곳 중에서 가장 감명 깊었던 장소로 프로방스의 작은 마을 '릴 쉬르 라 소르그(L'Isle-sur-la-Sorgue)'의 앤티크 마켓, 스페인의 레스토랑 '엑세바리(Etxebarri)', 그리고 바람이 좋았던 영국 남동쪽의 어느 시골 마을을 꼽는다. 일 년에 한 번 오하이오를 방문, 앤티크 쇼핑과 시골길 드라이브, 켄터키 경마를 즐긴다. 현재 뉴욕의 타임스 스퀘어 근처에 살고 있고, 집 근처에 한식당 '곳간(GOGGAN)'을 만들고 있다.

하워드 블래닝 교수에 대하여 미국명 Howard Blanning 한국명 부래니(浮來尼)

1951년 미합중국 인디애나 주 매디슨에서 태어났다. 어린 시절 아메리카 유니버시티의 교수였던 아버지를 따라 이집트로 건너가 그곳에서 고등학교를 다녔고, 졸업 후 군에 자원 입대해 사우디아라비아에서 군복무를 했다. 아이오아 주립대학에서 석사, 텍사스 주립대학에서 박사학위를 받았다. 미국 내 셰익스피어와 그리스 연극의 최고 권위자로 알려져 있다. 1984년부터 마이애미 대학교에서 근무했으며, 2010년 정년퇴직하고 현재 명예교수로 재직 중이다. 전 세계 수천 명의 제자들로부터 늘 '가장 기억에 남는 교수', '가장 존경하는 교수'로 평가받고 있다. 2012년 수상한 '최우수 교육자상(Effective Educator Award)'은 마이애미 대학교를 졸업하고 사회에서 활동하는 졸업생들의 추천에 의해서 선정되는 가장 명예로운 상이다. 박사학위 지도교수였던 텍사스 주립대학의 웹스터 스몰리(Webster Smalley) 교수의 영향을 받아, 이십 년 전 어린이를 위한 연극 극단 'Thrall Children's Theatre'을 창단해 직접 작곡한 여섯 개의 오페레타를 주기적으로 공연하고 있는데, 극 중 벤조는 본인이 직접 연주한다. 저서로 『연극 감상(Theatre Appreciation)』 등이 있다. 박진배 교수와 함께 영문으로 번역한 김광림 원작의 『사랑을 찾아서(In Quest of Love)』는 미국 대학 연극 축제의 '데이비드 마크 코헨 극작상(The David Mark Cohen National Playwriting Award)' 후보에 오르기도 했다. 한국예술종합학교의 초빙교수를 역임했으며, 매년 한국, 대만, 태국, 체코, 러시아 등 세계 각지에서 극작 워크숍과 어린이를 위한 연극을 공연하고 있다. 영어, 불어, 고전 그리스어, 체코어, 아랍어 등을 구사하며 한국어와 중국어도 약간 할 줄 안다.

채식주의자지만 계란, 우유처럼 동물을 죽이지 않고 얻을 수 있는 음식은 먹는다. 그리고 영 참기 어려울 때면, 일 년에 한두 번 햄버거나 피시 앤 칩, 한우 갈비구이를 먹는다. 옥스포드에 있는 자신의 집은 외국에서 유학 온 학생들에게 무료로 내어주고, 본인은 마당에 지어 놓은 오두막에서 생활한다. 일 년에 삼백 일 이상은 강연과 워크숍, 셰익스피어 연구로 외국에서 시간을 보낸다. 한국에 있을 때는 거의 매일 '김밥천국'에서 고기 뺀 비빔밥을 주문해 먹는다. 낡은 운동화와 작은 배낭, 넥타이가 트레이드 마크지만, 아주 가끔 정장을 해야 하는 경우를 대비해서 월마트에서 구입한 60불짜리 양복 한 벌을 구비하고 있다. 학생들의 논문 지도는 주로 신시내티 동물원에서 한다.

© 이한구

이 책에 대하여

"누군가와 천 번 이상 아침식사를 해본 적이 있는가?"

가족이 아니라면 결코 쉽지 않은 일이다. 연극 극본 형식의 이 이야기는 미국 오하이오 주, 옥스포드라는 작은 마을에 위치한 마이애미 대학교의 하워드 블래닝 교수와 박진배 교수의 만남을 바탕으로 구성되었다. 두 교수는 2000년부터 2007년까지 칠 년이 넘는 기간 동안 천 번 이상의 아침식사를 함께 했다.

그들은 이른 아침의 식사를 함께 즐기며 음악과 예술, 문학, 연극, 역사, 정치, 종교,

과학, 건축, 그리고 철학과 인생 등 다방면에 걸쳐 이야기를 나누곤 했다. 주말이면 가까운 켄터키 주나 인디애나 주를 자동차로 여행하면서, 앤티크 상점을 둘러보고 커버드 브리지(covered bridge)를 헌팅하기도 했으며, 방학이면 전 세계를 함께 돌아다니며 새로운 경험과 사색을 이어갔다. 그들의 이 유별난 우정과 아침식사는 대학 캠퍼스의 교수들과 학생들, 그리고 마을 사람들 사이에서 자주 회자되곤 했다.

2011년 겨울, 스페인의 작은 마을 지로나(Girona)에서 크리스마스를 보내던 두 교수는 자신들의 이야기를 연극과 책으로 만들어보자고 의기투합했다. 그리고 2013년 봄, 하워드 블래닝 교수는 영문 극본을 완성했다. 극본의 구성은 그들이 함께 지낸 몇 년 동안에 있었던 일들 중에서 가장 아름답고 재미있고 감동적이었던 에피소드들과 의미 있는 아침식사의 대화 내용들이 주가 되고, 거기에 각자의 독백이 덧붙여지는 형식으로 짜였다. 박진배 교수는 영문 극본의 에피소드들과 대화 내용을 선별해 압축하고 한글 번역과 거기에 적합한 사진을 곁들여 책으로 엮어내는 계획을 맡았다.

이 이야기 속에는 **남자1**(박상규 교수-박진배 역), **남자2**(월터 게파르트 교수-하워드 블래닝 역), **그 여자**(박유진-박현신 역), 이 세 명의 주인공이 있고, 에피소드에 따라 오십여 명의 다양한 인물들이 등장하는데, 그들은 단지 상황 설명에 도움을 주는 역할뿐만이 아니라 경우에 따라서는 스토리 전개에 중추적인 역할을 하기도 한다.

이 이야기는 기념비적이고 장대한 서사시가 아니다. 혁명과 재앙, 성취와 도전이 있는 스펙터클은 더더구나 아니다. 삶을 구성하는 작고 소박하고 경건한 일상들과 흥미로운 의문들에 관한 이야기, 삶에서 결코 빼놓을 수 없는 아주 중요한 순간들에 대한 이야기이다. 또한 두 교수의 추억과 회상의 모음이자, 우정, 사랑, 꿈 같은 인생의 중요한 문제들을 상징적으로 보여주는 이야기인 것이다.

독자들이 상상력을 동원해 이 이야기를 풍요하게 읽어주었으면 좋겠다.

머리말

우리가 만나게 된 것은 미국 마이애미 대학교의 예술대학(School of Fine Arts)에서 제공하는 '멘토 프로그램'을 통해서였다. '멘토(mentor)'라는 용어는 지금은 흔히 쓰이지만, 당시만 해도 한국에서는 생소한 개념이었다. 마이애미 대학교에는 신임교수가 학교와 지역 사회에 잘 정착할 수 있도록 원로교수 중 한 명을 멘토로 지정해 도움을 주는 전통이 있다.

2000년 1월, 학교에 갓 부임한 나에게 당시 예술대학의 부학장이었던 로살린 벤슨(Rosalyn Benson)은 연극학과의 하워드 블래닝 교수를 내 멘토로 지정해주었다. 일반적으로 신임교수들이 자신의 멘토들과 일 년에 한두 번 의례적으로 만나 커피를 마시거나 식사를 하는 정도에 비해, 우리의 관계는 사뭇 남달랐다.

처음 만난 날, 우리는 드라이브를 떠나 여섯 시간 동안 근처에 있는 세 개의 작은 마을을 둘러보았다. 시골길을 운전하다 커피를 마시며 쉬기도 하고 앤티크 상점들을 구경하기도 했다. 우리는 마치 오래 떨어져 있다가 다시 만난 친한 친구들처럼 허물없이 대화를 나누었다. 그리고 우리의 관계가 깊이 발전될 거라는 느낌을 받았다. 그날

이후 우리는 종종 아침식사를 함께 하곤 했다. 천 번이 넘은 우리의 아침식사는 그렇게 시작되었다.

인디애나 주와 오하이오 주의 경계에 자리 잡고 있는, 미국인들이 트럭 스톱(truck stop)이라고 부르는 허름한 식당 '필립스 27(Phillips 27)'은 우리가 매일 아침 여섯 시 반에 만나서 아침을 먹던 곳이었다. 새벽 일찍 문을 여는 이곳은 공사장 인부들을 비롯한 블루 컬러 노동자들이 손님의 대부분이었다. 일곱 시 반에 문을 여는 다른 식당의 종업원들도 출근하기 전 이따금 이곳에서 식사를 하곤 했다. 그들은 대부분 아주 푸짐하게 아침을 먹었다. 새벽에 하루 일과를 시작하는 사람들과 어울려 아침을 먹는 것은 퍽 기분 좋은 일이었다.

우리는 강의와 회의들 사이에 끼여 있는 바쁜 점심 시간이나 서로 밀린 일과 약속이 많은 저녁 시간보다는 아침 시간을 이용한 식사를 함께 하는 것을 훨씬 좋아했다. 이는 하루를 일찍 시작할 수 있는 방법이기도 했다. 대화가 좀처럼 끊어지지 않고 이어지는 날이면 식사 시간이 다소 늘어나기도 했으나, 대개의 경우 우리의 아침식사는 채 삼십 분을 넘기지 않았다. 동이 트기 전에 식사를 마치고 각자의 연구실에 도착하면 아침 일곱 시가 조금 넘은 시각. 다른 교수들이 출근하기 전 두 시간가량을 맑은 정신으로 연구에 집중하는 이 일과를 우리는 즐겼다.

때로 아침식사 중에 긴 대화를 요하는 주제가 등장하면, 일부러 대화를 주말로 연기하기도 했다. 주말에는 좀 더 여유를 가지고 식사를 할 수 있고, 또 짧은 여행을 떠나면서 충분한 시간을 가지고 이야기할 수 있었기 때문이다. 우리의 아침식사는 우리 일상 생활의 자연스런 일부였고 형식이나 격식을 따지지 않는 지극히 소박한 것이었지만, 그 식사들 도중에 나누었던 대화들은 다른 사람들과도 나눌 만한 가치가 있다고 생각했다.

아침식사를 하며 간혹 우리는 우리의 직업에 대해서, 그리고 가르친다는 일에 대해서 이야기를 나누었다. 그리고 그때마다 "우리는 좋은 선생은 아니다. 하지만 좋은 교수이기는 하다"는 결론에 도달하곤 했다. 학생들을 평가하고 친절하게 챙겨주는 데는 서툴지만, 우리 둘 다 그들에게 철학을 제시하고 세상의 바른 모습을 보여주는 데는 열정적이었다.

우리는 또 연극에 대해서, 특히 셰익스피어에 대해서 많은 이야기를 나누었다. "셰익스피어의 매력은 과연 무엇인가?" "연극의 어떤 점이 우리를 매료시키는가?" 같은 질문을 서로에게 던지곤 했다. 그리고 나름대로의 대답을 찾아냈다. 살면서 부모님에게 느꼈던 죄스러운 마음들, 믿었던 친구가 배신하며 내게 안겨준 슬픔, 늘 곁을 지켜주고 힘을 준 아내에 대한 눈물이 북받칠 정도의 고마움 같은, 우리 삶의 가장 지극한 감정들을 너무나 선명하게 무대에서 보여준 것이 셰익스피어였기 때문이다. 연극은 곧 인생이니까.

하워드는 우리의 여행을 '박사들의 여행(Ph.D. trip)'이라고 불렀다. 대부분 허름한 식당에서의 아침식사가 포함된 소박한 시골 여행이었지만, 자연을 벗삼아 열띤 철학적 토론을 하면서 서로의 생각을 나누었던 시간들은 무척 소중한 것이었다. 오하이오 주 강변의 그림 같은 작은 마을들, 켄터키 주의 경마, 인디애나 주의 앤티크 상점 등 우리의 여행은 온갖 그리운 추억들로 수놓아져 있다.

2013년 가을, 나는 옥스포드를 다시 찾았다. 나뭇잎들이 붉게 물드는 이 시기는 마이애미 대학교의 캠퍼스 풍경이 가장 아름다운 때이다. 늦은 가을, 다리 사이로 보이는 붉게 단풍 든 나무들, 수북이 떨어져 쌓인 낙엽들, 그 한가운데 서 있는 눈부시게 하얀 교회……. 예전에도 우리 여행의 말미를 장식해 주던 풍경이었다.

2011년 스페인의 지로나에서 나는 처음으로 우리의 이야기를 연극으로 만들어보자는 제안을 했다. 내 제안을 듣자마자 하워드 블래닝 교수의 첫 질문은 "어느 배우에게 폴란드 항공사 직원 역할을 맡길까요?(Who is going to act the Polish agent?)"였다. 우리는 이렇게 서로의 마음을 너무나 잘 알고 있었다.

하워드 블래닝 교수에게는 한 가지 재미있는 습관이 있다. 그는 보통 유럽의 마을을 여행할 때면 하루의 대부분을 연극 극본을 쓰는 데 보내곤 한다. 한 카페에서 쓰다가, 다른 카페로 옮겨서 또 쓴다. 이렇게 하루 평균 대여섯 군데의 카페를 옮겨 다니며 극본을 쓴다. 『천 번의 아침식사』도 그렇게 탄생되었다.

연극 극본에는 두 가지 운명이 있다. 하나는 무대 위에서 상연되는 것이고, 다른 하나는 문학 작품으로 읽히는 것이다. 이 극본은 무대 위에서 상연되는 것을 염두에 두지 않고 씌어졌다. 하지만 가까운 시기에, 우리 둘이 열정을 다해서 강의를 했던 마이애미 대학교의 공연장 무대 위에서 이 극본이 상연되기를 기대해본다.

2007년에 '필립스 27'은 문을 닫았고, 나는 뉴욕으로 이주했다. 2011년 하워드 블래닝 교수는 마이애미 대학교에서 정년퇴직했다. 우리는 지금도 전 세계를 함께 여행하며 아침식사를 계속하고 있다. 우리의 아침식사는 이제 천칠백 번을 넘어섰다.

2014년 7월 뉴욕에서

박진배

1막

남자1, 남자2의 이야기

Alumni Hall, Miami University, Oxford, Ohio.
마이애미 대학교 알럼나이 홀.

멘토 월터 게파르트 교수와 멘티 박상규 교수의
첫 만남이 이루어진 장소.

1장 첫 만남

출연 **남자1**
남자2
노교수
여학생

(고색창연한 대학 캠퍼스의 건물 내부. **남자1**이 한쪽에 서 있다. 반대편에서 **노교수**가 나무로 만든 건축 모형을 보면서 **여학생**과 이야기를 나누고 있다.)

노교수 아주 훌륭하지는 않군. 아주 감동적이라고 하기도 어렵네. 하지만 이 정도면 합격이야.

여학생 와, 감사합니다. 교수님한테 처음으로 '합격'이란 말을 들었네요.

노교수 수고했네.

여학생 이제 주말에 잠 좀 잘 수 있겠어요. 다시 한 번 감사드립니다, 교수님.

(**여학생**이 퇴장하고 **남자2**가 종이컵에 든 커피를 마시면서 등장한다.)

노교수 월터 교수!

남자2 서지오 교수님, 안녕하세요? 아, 교수님, 프랑스의 메츠(Metz) 성당 정보 좀 보내주세요.

노교수 아, 네. 물론이지요. 거기 갑니까?

남자2 내년 1월에 학생들과 같이 가려고요. 그런 곳에 데려가야 학생들이 저를 수준 있다고 생각하지 않겠어요?

노교수 (웃음) 맞는 얘기군요.

남자2 고맙습니다.

노교수 이메일로 보낼게요. 아, 새로 부임한 박 교수를 아세요?

남자2 아닌 게 아니라 지금 박 교수를 만나러 온 겁니다. 로살린 부학장이 저를 박 교수의 멘토로 정해줬어요.

노교수 그렇군요. 두 분은 잘 어울릴 거라는 느낌이 드네요. 잘 되기를 바랍니다.

(**노교수** 퇴장한다.)

남자2 월터입니다.

남자1 박상규라고 합니다.

남자2 점심했어요?

남자1 네?……. 아직이요. 좀 이르지 않나요?

남자2 재미있는 식당이 있어요. 갑시다. 아래층 하역장에 내 차를 잠깐 주차해 놨어요. (둘은 엘리베이터를 탄다. 나무 건축 모형을 든 두 학생이 엘리베이터 안에 서 있다. 한 명은 선 채로 졸고 있고, 다른 한 명도 반수면 상태다.) 원래 그러면 안 되는데,

잠깐 비상등 켜고 세워 놓으면 아무도 뭐라고 안 그래요.

남자1 아, 네…….

남자2 그래, 새로 부임했는데, 어때요?

남자1 좋습니다.

남자2 강의는 잘 되고 있나요?

남자1 네. 예상했던 것과 비슷합니다.

남자2 학생 수가 너무 많지는 않고요?

남자1 아니에요. 적당해요.

남자2 박 교수 어디 살지요?

남자1 '인디언 트레이스(Indian Trace) 아파트'라고 아십니까?

남자2 아니요.

남자1 '페퍼 파크(Pfeiffer Park)' 근처예요.

남자2 아, 거기! 어때요?

남자1 지금 저한테는 딱 좋아요. 당분간은 거기 살 것 같아요.

남자2 좋지요. 그리고 오래 살 집은 천천히 찾아보면 되니까. 나도 처음 왔을 때 그렇게 했어요.

(둘은 차를 탄다. **남자1**은 안전벨트를 매고 차 내부를 둘러본다.)

남자1 보라색 차네요.

남자2 네. 원래 중고 '미아타(Miata)'를 사려고 했어요. 근데 내 몸이 '미아타'에 안 들어가는 거예요. 그때 이 차가 바로 옆에 있었거든요. 보라색이 특이하고 마음에 들었어요, 바니 토끼 색깔 같기도 하고……. (**남자1**에게 커피를 건넨다.) 잠깐 내 커피 좀 들어줄래요?

남자1 네.

남자2 후진으로 나가야겠네.

남자1 크라이슬러의 '네온(Neon)'이네요?

남자2 맞아요. 이 차에는 내기 들이가요.

남자1 그렇군요.

(차가 출발한다.)

남자2 차가 뭐예요?

남자1 '혼다' 샀어요.

남자2 오!

남자1 작은 에스유브이요.

남자2 좋은 차지요.

남자1 그럭저럭 괜찮아요.

남자2 (캠퍼스를 걷는 어떤 여자에게) 데비, 안녕하세요? (**남자1**을 돌아보며) 저 분은 여름 학기를 담당하고 있는 직원이에요.

남자1 네.

남자2 여기 오기 전에는 뭐 했어요?

남자1 한국에서 가르치다 왔어요.

남자2 아, 맞다, 실리아가 이야기했던 것 같아요. 혹시 뭐 필요한 거 없어요? 가구, 냄

비, 프라이팬 뭐 이런 거…….

남자1 (웃으며) 아니에요. 됐어요.

남자2 정말? 나한테 남는 거 많은데…….

남자1 벌써 많이 샀고요, 또 필요하면 더 사면 되고요. 쇼핑 좋아하거든요.

남자2 저 건물은 '홀 오디토리엄(Hall Auditorium)'이에요.

남자1 네.

남자2 '맥거피 홀(McGuffey Hall)'은 알지요?

남자1 네.

남자2 누가 캠퍼스 안내 좀 해주던가요?

남자1 네. 신임교수 오리엔테이션에서요.

남자2 그렇군요.

남자1 캠퍼스 대부분은 둘러본 것 같아요.

남자2 좋네요. 난 처음 왔을 때 혼자 다니면서 봤는데. 혹시 '정글 짐(Jungle Jim's)'이라는 슈퍼마켓도 데려가던가요?

남자1 외국인 교수들에게는 다 알려주던데요.

남자2 재미있는 곳이지요.

남자1 거기 정말 마음에 들어요.

남자2 잘됐네.

남자1 아주 독특하더라고요. 주인을 한번 만나봤으면 좋겠어요.

남자2 만날 수 있을 거예요. 여기 마이애미 대학교 출신이거든요. 저 코너에 있는 상점은 '에이스 하드웨어(Ace Hardware)'예요.

남자1 아, 나중에 들러봐야겠네요.

MacCracken Hall, Miami University, Oxford, Ohio.
마이애미 대학교 맥크래켄 홀.

"마이애미는 한때
미국에서 가장 융성했던 인디언 부족의 이름입니다.
마이애미 대학교는 플로리다 주에 '마이애미'라는 도시가 생기기도 전에
이미 이곳에 세워졌지요."

남자2 왜, 뭐 필요해요?

남자1 네, 집에 좀 필요한 물건들이 있어요.

남자2 아주 싼 곳은 아닌데……. 제일 싼 데야 뭐 월마트(Walmart)지만. 서비스가 정말 훌륭해요. 제프와 데비가 주인이구요. 나는 여행갈 때마다 집 열쇠를 아예 저기다 맡겨요. 그러면 저들이 알아서 집을 체크해주고 필요하면 수리도 해줘요.

남자1 야! 이거 정말 작은 마을에서나 가능한 이야기네요.

남자2 이런 마을에 사는 맛이지요.

남자1 우리 전공 분야에서 호텔 디자인이나 호텔 경영 가르칠 때 그런 개념들을 소개하기도 합니다.

남자2 그래요?

남자1 네. 전문 용어로는 버틀러 서비스. 아주 개인적이고 친밀한 서비스지요.

남자2 음. 어쨌든 혹시 뭐 필요한 거 있으면 얘기해요.

남자1 네.

남자2 자, 우선 점심부터 합시다.

남자1 그 재미있다는 식당에서요?

남자2 맞아요. 이탈리안 뷔페식당인데 점심때만 열어요. 주인아줌마 한 명에 웨이트리스 한 명, 주방에 보조가 한 명 정도 더 있겠지요. 근데 정말 맛있고 음식도 무한정 제공돼요. 크로거(Kroger's) 슈퍼마켓 바로 옆에 있어요.

남자1 아, 본 것 같아요. 중국집 옆 아니에요?

남자2 맞아요. '차이나 원(China One)' 옆이에요. 그런데 혹시 그 이탈리안 식당에서 벌써 먹어봤어요?

남자1 아니요.

남자2 좋아할 거예요. 근데 조금 위험해요.

남자1 네? 무슨 말이에요?

남자2 디저트로 나오는 피자가 있는데, 너무 맛있어서 자꾸 먹게 되거든요. 아주 위험하지요.

남자1 하하.

남자2 괜찮겠어요?

남자1 그럼요.

(둘이 뷔페식당 앞에 도착한다.)

남자2 (식당 문을 잡아주며) 들어갑시다. 좋아할 거예요.

남자1 네.

남자2 오늘 오후 스케줄이 어떻게 돼요?

남자1 오늘은 아무것도 없어요. 강의는 다 했거든요.

남자2 아, 그럼 드라이브해도 되겠네. 점심 먹고 어디든 갑시다.

남자1 좋아요.

남자2 떠나기 전에 맥도날드 들러서 커피 한 잔 픽업합시다.

남자1 (**남자2**에게 커피를 건네며) 아까 저한테 맡겼던 커피 여기 있는데요.

남자2 아, 그렇군요. 어디 두고 온 줄 알았네. 혹시 오래된 물건들 좋아해요?

남자1 네. 아주 좋아해요.

남자2 잘됐네. 그렇다면 가볼 데가 있지요.

29

(식사를 마치고 식당에서 나온 둘은 운전해서 떠난다.)

(암전)

● 남자1의 첫 번째 독백

미국의 이 작은 시골 마을에 오기까지 참 긴 여정이 필요했습니다. 대한민국이 가난했던 시절, 저는 서울에서 태어나 1980년대 초반의 정치적 격변기에 대학을 다녔습니다. 제법 이름있는 사립대의 상대를 다녔지만 제 주된 관심은 미술 쪽이었고, 덕분에 상당한 방황을 했지요. 그래도 돌이켜보면 좋은 시절이었습니다. 세상은 혼란스러웠지만 저에게는 이상과 순수를 추구하는 정열과 낭만이 있었으니까요.

상대를 졸업한 후에, 저는 오래전부터 원해 왔던 공부를 하기 위해서 뉴욕의 디자인 대학으로 유학을 갔고, 귀국 후 디자인을 가르치는 교수가 되었습니다. 책도 쓰고, 디자인 작품도 하고, 강연도 하고, 디자인 컨설팅도 하면서 부지런히 세상을 돌아다녔습니다. 틈날 때마다 세계 구석구석을 여행한 건 그 중에서도 가장 잘한 일인 것 같습니다. 세상을 보고 저 자신을 잘 볼 수 있었기 때문이지요.

개인적으로 더 큰 도전을 해보고 싶어서 한국에서의 교수직을 그만두고 미국의 대학으로 자리를 옮겼습니다. 오하이오 주, 옥스포드 시, 마이애미 대학교. 지명들이 재미있습니다. 마이애미는 한때 미국에서 가장 융성했던 인디언 부족의 이름입니다. 마이애미 대학교는 플로리다 주에 '마이애미'라는 도시가 생기기도 전에 이미 이곳에 세워졌지요. '포니 정'으로 유명했던 현대그룹의 정세영 회장, 작고한 탤런트 고 이낙훈 씨, 정운찬 전 국무총리 등이 이 대학의 한국인 동문들입니다.

이곳에서의 생활과 새로운 삶이 무척 기대가 됩니다. 아침마다 캠퍼스를 걸어서 출근하는 길에 가끔 이런 생각을 하곤 합니다. "이렇게 좋은 대학에서 가르치고 있는 것이, 혹시 꿈은 아닐까?" 열정적으로 학생들을 가르치면서, 학문의 세계를 즐기고, 미국의 문화를 배우고, 인생을 배울 예정입니다. 매일의 일과가 되다시피 한, 훌륭한 멘토와의 아침식사는 저를 그 길로 인도해줄 것입니다.

2장 독일 마을

출연 **남자1**
남자2
상점 주인

(**남자1**과 **남자2**가 앤티크 상점 안을 둘러보고 있다.)

남자1 야, 이거 정말 대단한데요.

남자2 뭐가요?

남자1 없는 게 없이 다 있잖아요. 복잡한 것 같은데 나름대로 질서도 있고.

남자2 맞아요. 아까 들렀던 가게도 정돈은 잘 되어 있었지요.

남자1 네. 근데 이 집이 더 재미있어요. 가게 한쪽을 레스토랑으로 쓰고 있는 것도요.

남자2 오래돼서 그런지 레스토랑도 마치 앤티크 상점 같아 보이네요. 혹시 마음에 드는 물건이 보여요?

남자1 아주 많아요. 근데 오늘은 그냥 구경만 하려고요.

Antique Shop, Ohio.
오하이오 주의 어느 앤티크 상점.

"혹시 오래된 물건 좋아해요?"
"네. 아주 좋아해요."

남자2 나보다 훨씬 절제를 잘 하고 유혹에 강하군요. 야, 이게 여기 있네. 혹시 이게 뭔지 알아요?

(**남자2**가 우유 박스를 집어서 **남자1**에게 건넨다.)

남자1 박스잖아요.

남자2 우유 박스예요. 내가 어릴 때는 매일 집으로 우유가 배달되어 왔지요. 우유하고 코티지 치즈, 가끔 계란까지도. 바로 이런 박스에 담겨서요. 그리고 월말에 한꺼번에 수금을 해 갔고…….

남자1 한국에서도 제가 어릴 때 그랬어요. 그때 한국은 꽤 가난한 나라였는데, 작은어머니가 미군 부대에서 일을 하셔서 저는 미국산 우유나 과자, 초콜릿들을 언제든지 먹을 수 있었지요. 이건 뭐지요?

(**상점 주인**이 등장한다.)

상점 주인 그리들 손잡입니다. 오븐에 쓰는 거지요. 아직도 시골에는 그거 사용하는 사람들이 꽤 있어요. 싸게 해드릴 테니까 하나 구입하세요.

남자1 다음에 살게요. 이 가게 주인이세요?

상점 주인 네, 앤티크 상점만요. 레스토랑은 제 딸과 사위가 운영합니다. 음식이 꽤 괜찮아요. 점심 드시고 가세요.

남자1 생각해볼게요.

상점 주인 이 건물은 원래 호텔이었어요. 투숙객이 묵는 방들은 이층에 있는데 많이 낡았지요. 수리도 제대로 안 되어 있고……. 근데 보시면 아시겠지만 한때는 꽤 잘 나갔었어요. 아주 고급스러운 호텔이었습니다. 가구들이며 계단, 그림들도 전부 앤티크로 장식되어 있었고…….

남자1 혹시 이층 호텔방에서 쓰던 물건들은 여기에 없어요?

상점 주인 아니요, 없어요. 제 딸이 이층 물건은 손도 못 대게 해요. 나중에 다시 호텔을 열려고 하는 것 같아요. 이 물건들은 그저 제가 이곳저곳에서 모은 것들입니다.

남자1 그렇군요. 네, 고맙습니다.

남자2 안녕히 계세요.

(**상점 주인**이 퇴장한다.)

남자2 나중에 여기 와서 뭐 좀 사야겠네.

남자1 그래요. 우리 어디서 커피 한잔해요. 그나저나 이 마을은 진짜 '독일 마을'이에요, 아니면 사람들이 그냥 그렇게 부르는 거예요?

남자2 그야말로 독일 마을이에요. 오하이오 주 남서부 지방에는 독일 이민자들이 많이 살고 있어요. 그래서 신시내티에도…….

남자1 아, '오버-더-라인(Over-the-Rhine)' 지역이 있군요. 그렇구나…….

남자2 건물들을 보면 알겠지만, 여기, 예전에는 꽤 잘 살았던 마을입니다. 활기차고……. 주산업이 뭐였는지는 잘 기억이 나지 않는데, 아마 농업이나 철도산업이었을 거예요. 하지만 보다시피 이제 그 산업들은 다 죽었어요. 여기뿐 아니라 이 근처 다른 마을들도 사정이 비슷해요. 돌아가는 길에 미들타운(Middletown)이라는 곳에 들를 텐데, 한때는 세계에서 가장 큰 제철소가 있던 곳이지요. 큰 호텔도 있고 회사 임원들이 살던

Florentine Hotel, Germantown, Ohio.
오하이오 주의 독일 마을에 1816년 문을 연, 유서 깊은 플로렌틴 호텔 전경.

"이 마을은 진짜 '독일 마을'이에요,
아니면 사람들이 그냥 그렇게 부르는 거예요?"
"그야말로 독일 마을이에요. 오하이오 주 남서부 지방에는
독일 이민자들이 많이 살고 있어요."

Antique Crates.
앤티크 나무궤짝들.

"아, 이거 좀 봐요."
"무슨 궤짝 같은데요?"

대저택들도 많이 남아 있어요. 제철소 회장 집은 무슨 성채같이 웅장하죠. 하지만 지금은 예전의 영화는 다 사라지고 그저 쓸쓸하고 초라한 마을에 불과하지요. 그래도 재미있는 곳이니 들렀다 갑시다.

남자1 거기서 커피 마실까요?

남자2 좋지요. 참, 캠든(Camden)이라는 마을은 가봤나요?

남자1 아니요.

남자2 그럼 그래티스(Gratis)는, 리버티(Liberty)나 메타모라(Metamora)는?

남자1 아무데도 못 가봤어요.

남자2 음. 그럼 앞으로 우리 갈 데가 많네.

남자1 네. 아, 이거 좀 봐요.

(**남자1**이 길거리의 레스토랑 앞에 대충 쌓아 놓은 나무궤짝들을 가리킨다.)

남자2 무슨 궤짝 같은데요?

남자1 이거 네 개 모두 상태가 좋은데요. 차에 들어갈까요?

남자2 그럴 걸요? 아파트에서 쓰게요?

남자1 아니요. 사실 서울에 레스토랑을 하나 디자인하고 있거든요. 20세기 초반의 서양 앤티크로 장식하려고요. 동서양의 만남이랄까?

남자2 재미있는 아이디어네요. 레스토랑의 이름은요?

남자1 네. '민가다헌(閔家茶軒)'입니다.

(**남자2**는 길거리 레스토랑 창에 붙어 있는 메뉴판을 들여다본다.)

남자2 근사하군요. 어떤 공간입니까?

남자1 문화재로 지정된 한옥인데, '20세기 초 서울에 지어진 해외 공관'이 디자인의 콘셉트입니다. 그래서 서양 앤티크 가구가 많이 필요해요.

남자2 아, 그럼 조만간 인디애나 주의 센터빌(Centerville)에 갑시다. 원 없이 고를 수 있을 거예요.

남자1 앤티크가 많은가요?

남자2 많은 정도가 아니에요. 삼백 개 정도의 상점이 모여 있는 거리도 있어요.

남자1 잘됐네요. 거기 갈 때는 제 혼다로 가요. 뒷자석에 여유 공간이 많거든요.

남자2 그러지요. 나한테 아주 큰 밴도 있어요. 근데 차가 너무 오래되서 장거리를 갈 수 있을지는 모르겠네……. 그냥 박 교수 혼다로 갑시다.

남자1 네. 주인한테 이 궤짝 네 개 얼마에 줄 수 있는지 물어봐야겠어요. 이런 데서는 흥정해도 되지요?

남자2 난 평생 흥정이라곤 해본 적이 없어요. 언제가 흥정을 해도 되고, 언제는 흥정을 하면 안 되는지를 모르거든요.

남자1 그럼 제가 알아서 할게요.

남자2 우리 여기서 뭐 좀 먹을까요?

남자1 아니, 얼마 전에 점심 먹었잖아요.

남자2 그렇지만 이 집 메뉴를 보니까 그릴 치즈도 있고, 핫도그도 있고…….

남자1 (웃음) 알았어요. 먼저 들어가 앉아 계세요. 저는 이거 가지고 들어갈게요.

(**남자2**가 레스토랑으로 들어간다.)

남자2 자, 뭘 먹을까요?

남자1 저는 그냥 커피만 마실게요.

남자2 그래요? 파이 한 조각이라도 하지 그래요?

남자1 아니에요. 그냥 커피면 돼요.

남자2 그럼 파이는 미들타운에 가서 먹도록 합시다. 아직도 남아 있는 그 멋진 호텔에서요.

남자1 네. 핫도그 드실 건가요?

남자2 아마도.

남자1 채식주의자 아니었어요?

남자2 맞아요. 하지만 핫도그는 예외예요. 하하.

남자1 (웃음) 알겠습니다.

남자2 금방 사 올게요.

(**남자2**는 자리를 뜨고 **남자1**은 궤짝들을 가지런히 정돈한다.)

남자2 혹시 담배 피워요?

남자1 네.

남자2 아, 잘됐다.

(**남자2**는 레스토랑 밖으로 나가고 **남자1**은 궤짝들을 들고 계산대로 간다.)

(암전)

● 남자1의 두 번째 독백

잘 알려진 것처럼, 미국은 이민자들로 이루어진 나라입니다. '아메리카'라는 신대륙이 발견된 이후 사람들은 끊임없이 이곳으로 이주를 해 왔습니다. 유럽을 시작으로 세계 도처에서요. 흥미로운 것은 이민자들이 미국에 도착하면서 자신들이 살던 나라와 비슷한 지역을 발견해서 터를 잡았다는 사실입니다. 그리고 그 마을들을 자신들이 살던 곳과 비슷하게 꾸며 왔습니다. 전통적으로 보스턴 지역에는 아일랜드 이민자들이 주로 정착을 했고, 위스콘신이나 미네소타 지역에는 북유럽 사람들, 클리블랜드에는 동유럽 이민자들, 뭐 이런 식입니다. 이런 전통은 계속 이어져서, 후에 캘리포니아에는 아시아 사람들, 플로리다에는 쿠바 사람들, 텍사스나 애리조나에는 멕시코 이민자들이 많이 자리 잡게 됩니다. 그들은 자신들의 나라에서 살던 습관대로 살면서 고유의 언어와 풍습, 문화를 이어오고 있지요. 비교적 짧은 역사에 비해서 미국이 문화적 다양성과 역동성을 갖게 된 것은 이런 이민자들의 정체성을 지키려는 노력 때문입니다. 흥미로운 미국 역사의 일면이지요.

이곳 오하이오에는 독일 이민자들이 참 많이 살고 있습니다. '독일 마을'이라는 이름이 붙은 동네도 여러 곳 있고, 주민들의 생김새도 독일인을 많이 연상시킵니다. 가끔 여행을 해보면 풍광조차도 독일과 비슷하다는 느낌을 받을 때가 있습니다. 다른 주의 아이들이 스포츠로 야구나 농구, 하키를 주로 하는 것에 비해 여기 초, 중, 고등학

Hofbräuhaus, Newport, Kentucky.
켄터키 주 뉴포트의 '호프브로이하우스'.

"미국 어느 주보다 맥주가 맛있는 것도
독일 이민자들의 영향 때문입니다.
…… 독일 이민자들이 운영하는 식당에서 맛있는 맥주와
소시지를 먹는 것은 이곳에 사는
큰 즐거움 중 하나입니다."

교에서는 대부분의 아이들이 축구를 하며 자랍니다. 미국 어느 주보다 맥주가 맛있는 것도 독일 이민자들의 영향 때문입니다. 자신들이 독일에서 마시던 맥주와 유사한 품질을 만들기 위해서 계속 노력해 왔기 때문이지요. 독일의 맥주 축제 '옥토버페스트(Oktoberfest)'를 거론할 때마다 단골로 등장하는 사진으로 유명한 엄청난 규모의 맥주홀 '호프브로이하우스(Hofbräuhaus)'도 뮌헨을 제외하고는 전 세계에 오직 이곳 신시내티에 한 곳 있을 정도니까요. 독일 이민자들이 운영하는 식당에서 맛있는 맥주와 소시지를 먹는 것은 이곳에 사는 큰 즐거움 중 하나입니다.

그렇지만 사실 오하이오가 지닌 가장 좋은 점은 따로 있습니다. 바로 사람들입니다. 누군가 '세상에서 제일 좋은 사람들(Best People in the World)'라고 표현했듯이, 이곳 사람들 참 훌륭하고 본받을 만합니다. 정직하고 근면하며, 무엇보다도 사고방식이 아주 건전합니다. 교육을 매우 중요시하는 점도 인상적입니다. 특히 성심성의껏 다른 사람을 도와주려는 태도에서는 감동을 받을 때가 한두 번이 아닙니다. 아마 이곳에서 살면서 배우게 될 가장 중요한 것 중의 하나는 바로 이 사람들이 지닌 삶의 방식과 태도일 겁니다.

3장 첫 아침식사

출연 **남자1**
남자2
호스티스
웨이트리스(지나)
댄

('밥 에번스(Bob Evans)' 레스토랑의 실내. 나이 든 **호스티스**가 **남자1**과 **남자2**를 자리로 안내한다.)

호스티스 여기 창가 자리 어때요?

남자2 네. 좋아요

남자1 고마워요.

호스티스 (**남자1**과 **남자2**에게 각기 다른 세 개의 메뉴를 건넨다.) 여기 메뉴 있어요. 지나가 곧 주문받으러 올 겁니다.

남자2 고마워요.

남자1 고마워요.

Bob Evans, Oxford, Ohio.
오하이오 주 옥스포드 시에 있는 레스토랑 '밥 에번스'.

"나는 창가 자리를 좋아하거든요. '밥 에번스'에 와본 적 있어요?"

(**호스티스**가 떠나고 둘은 자리에 앉는다.)

남자2 잘됐네. 나는 창가 자리를 좋아하거든요. '밥 에번스'에 와본 적 있어요?

남자1 아니요. 처음인데요, 여기랑 비슷한 다이너(diner)들은 가봤던 것 같아요. 뉴욕 변두리나 뉴저지에 가면 많아요. 맨해튼에는 몇 개 없지만요.

남자2 여기서 먹는 거 괜찮아요?

남자1 그럼요. 여기 자주 오세요?

남자2 그냥 일주일에 두세 번 정도? 아침 먹으러 주로 오지요. 메뉴에 잉글리시 머핀이 있는데, 그거 내가 좋아하거든요.

남자1 아, 네.

남자2 뭐 특별한 건 없는 시골 음식들인데, 그럭저럭 괜찮아요.

남자1 네.

남자2 나중에 점심이나 저녁 때 오게 되면 '비프 맨해튼(Beef Manhattan)'이라는 거 먹어봐요.

남자1 맛있어요?

남자2 옛날 내가 어릴 때처럼 인기 있는 메뉴는 아니지만 아직도 사람들이 많이 찾는 음식이에요. 혹시 먹어본 적 있어요?

남자1 네, 물론이지요.

남자2 아, 그래요. 하긴 맨해튼에 살았으니까…….

남자1 아니에요. 이름하고는 다르게 맨해튼에는 없는 음식이에요. 보통 국도변 식당에 있던데요.

남자2 그래요. 국도변 식당 음식!

남자1 흔히 국도변 식당 음식 하면 '비엘티(BLT)' 샌드위치를 떠올리지만, 사실은 '비프 맨해튼'이지요. 영화에도 정말 많이 나왔고.

남자2 맞아요.

(**지나**가 등장한다.)

지나 안녕하세요? 신사분들, 메뉴 고르시는 동안 커피 먼저 드릴까요?

남자1 네. 부탁해요.

남자2 네. 그리고 물 한 잔 주세요. 얼음은 빼고요.

지나 네. 손님도 물 드릴까요?

남자1 아니요, 저는 커피만 주세요.

지나 알겠습니다. 금방 갖다 드릴게요.

남자2 고마워요.

(**지나**가 퇴장한다.)

남자2 아니, 정말로 맨해튼에는 '비프 맨해튼' 요리가 없어요?

남자1 파는 식당이 어딘가 있기는 있겠지요. 하지만 저는 맨해튼에서는 먹어본 적이 없는 것 같아요. 국도변 식당 음식인 것 같아요.

남자2 맞아. 나도 거의 국도변 식당들에서 먹었던 것 같네. 특히 서부로 여행할 때. 혹시 '척 풀 오 넛츠(Chock Full O'nuts)'라는 카페를 들어본 적이 있나요?

남자1 아니, '척 풀 오 넛츠'를 어떻게 아세요? 뉴욕 사람들, 그것도 예전에 뉴욕에 살던 사람들만 아는 곳인데…….

남자2 거기서 파는 '부드러운 호밀빵 크림치즈와 호두 샌드위치(Cream Cheese and Walnut Sandwich on Soft Rye Bread)'가 제 어머니가 가장 좋아하시던 음식이었습니다.

남자1 부모님이 뉴욕에 사셨나요?

남자2 아니요. 인디애나 주의 아주 작은 마을에 사셨어요.

남자1 그런데 어떻게…….

남자2 아! 아버님께서 대학교수셨는데, 가끔 뉴욕에 가시면 어머니를 위해서 그걸 사오셨어요.

남자1 와, 그거 진짜 뉴욕 카페에서 파는 진짜 뉴욕 음식인데……. 저희 부모님도 유학 시절 그 카페의 단골이었다고 이야기하시더군요.

남자2 그렇군요. 그 카페가 아직도 뉴욕에 있나요?

남자1 아니요. 프랜차이즈 사업은 망했고, 카페는 매디슨 애버뉴에 한 군데 남아 있었어요. 그리고 브랜드 이름은 다른 회사에 팔린 걸로 알고 있습니다.

남자2 음식 쪽에 관해서 많이 아는군요.

남자1 네. 혹시 음식 채널 보시나요?

(**댄**이 등장, 옆으로 다가온다. 팔십 세 정도의 나이인데, 백 세 정도로 보이고, 행동은 육십 대처럼 한다. 매우 건강해 보이는 외모다.)

댄 월터, 안녕하세요? (**댄**이 **남자2**의 어깨에 손을 얹는다.)

남자2 댄, 안녕하세요?

댄 오늘 왜 체육관에 안 왔어요?

남자2 거기 갔다가 오는 길입니다.

댄 아, 네.

남자2 댄, 여기는 상규에요. 이번 학기에 온 신임교수.

댄 만나서 반가워요.

남자1 만나서 반갑습니다.

(둘은 악수한다.)

댄 (손을 그대로 **남자2**의 어깨에 대고 다른 손으로 **남자2**를 가리키며 **남자1**에게 말한다.) 이 친구 계속 운동하게 하려고 내가 매일 감시하고 있어요.

남자1 아, 네.

댄 월터, 얼굴 보니까 좋네요. 선생 양반, 당신도 운동하나요?

남자1 네. 자주 합니다.

댄 (**남자1**에게) 근데, 내가 수영복 안 입고 풀에 들어간 이야기했던가요?

남자1 아니요.

댄 아이고, 재미있는 얘기가 있어요. (**지나**에게) 안녕하세요?

지나 안녕하세요? 선생님 친구분들이 저쪽에서 기다리고 계십니다. (커피를 리필해 준다.)

댄 아 참, 내 정신 좀 봐. 월터, 선생 양반, 체육관에서 봅시다.

남자1 만나서 반가웠습니다.

(손을 흔들며 사라진다.)

남자2 댄은 치과의사예요.

남자1 지금도 일하세요?

남자2 아니, 은퇴했어요. 아, 아까 이야기하던 음식 채널. 음식 채널이라는 게 있어요?

남자1 물론이죠. 제가 이제까지 레스토랑을 많이 디자인했거든요. 레스토랑을 디자인하다보면 자연히 음식에 관심을 가지게 되고, 그러다 보니까 음식 채널도 자주 시청하게 되는 거지요.

(**지나**가 다시 등장한다.)

지나 메뉴 고르셨어요?

남자2 아직이요. 근데 이 친구가 고르는 동안 내가 먼저 시킬게요. 계란 두 개 오버이지, 해시 브라운 조금 태워서, 그리고 잉글리시 머핀도 좀 태워서.

지나 맨날 시키는 거잖아요?

남자2 네.

지나 그럴 줄 알았어요. 늘 태워서 달라는 것도 똑같고……. 손님은 뭐 하실래요?

남자1 저는…… 에…….

남자2 비프 맨해튼 먹고 싶으면 시켜도 돼요.

남자1 아니에요.

남자2 아침 메뉴에 있는데.

남자1 그걸 어떻게 아침에 먹어요?

지나 (상냥하게 **남자2**를 꾸짖으며) 그러게 말이에요. 도대체 뭘 추천하는 거예요?

남자1 전 그냥 베이글하고 과일 주세요.

지나 네. 베이글에 크림치즈도 드릴까요?

남자1 아니요.

지나 네. 금방 갔다 드릴게요.

남자1 고마워요.

남자2 고마워요, 지나. 난 그냥 아침에도 그걸 팔길래 한번 추천해봤지.

남자1 알아요.

남자2 점심 메뉴를 아침부터 먹어보는 것도…….

남자1 아니에요. 반대로 아침 메뉴를 점심 때 먹는 게 오히려 낫지요.

남자2 듣고보니 그러네. 정말 비프 맨해튼 안 해보겠어요?

남자1 됐어요.

남자2 오늘 오후 스케줄은?

남자1 아무것도 없어요.

남자2 그럼 어디로 드라이브 갑시다.

남자1 좋지요.

(암전)

● 남자2의 첫 번째 독백

셰익스피어! 처음에는 쉽지 않지만, 한번 이해를 하고 나면 그 다음엔 어렵지 않습니다. 셰익스피어가 우리에게 무엇을 주었고, 또 어떻게 그렇게 할 수 있었는지를 알게 되면 말이죠. 다시 말하면 관객이 직접적으로 또는 간접적으로 무엇을 보고, 무엇을 듣고, 무엇을 깨닫기를 셰익스피어가 원했는가 하는 것을 파악하게 된다면 말입니다. 놀라운 것은 셰익스피어 작품을 접할 때마다 매번 그 안에 인생의 모든 것이 있다는 걸 알게 된다는 겁니다. 어떻게 보면 러시아 목각인형 마트료시카와 정반대 구조일 수도 있겠네요. 열면 그 안에서 더 큰 게 나오고, 또 열면 그 안에서 더 큰 게 나오고……. 이건 마치 금광에서 다이아몬드, 르네상스 시대에서 다빈치를 찾아내는 것 같은 기쁨입니다.

여러분이 셰익스피어와 동시대에 런던에 함께 살았다고 해도 길거리에서 그를 알아보지는 못했을 겁니다. 한동안 그는 배우 생활을 했지만, 배우로서 재능이 있거나 유명하지는 않았거든요. 만약 그가 고향 스트라트포드에 살 때 함께 살았다면, 여러분은 그를 아마 대지주 가문의 조용한 청년으로 기억할 겁니다. 그는 아내와 두 딸이

Shakespeare play 'Much Ado About Nothing' in Delacorte Theatre, Central Park, New York.
2004년 뉴욕 센트럴 파크 델라코트 극장에서 공연된 셰익스피어 연극 '헛소동'의 한 장면.

"셰익스피어! 처음에는 쉽지 않지만, 한번 이해를 하고 나면 그 다음엔 어렵지 않습니다. 셰익스피어가 우리에게 무엇을 주었고, 또 어떻게 그렇게 할 수 있었는지를 알게 되면 말이죠."

있었고, 좋은 이웃이었습니다. 저는 그의 이런 평범한 점이 좋습니다.

저는 셰익스피어를 단순히 좋아하는 것이 아닙니다. 존경하고 사랑합니다. 저는 개도 사랑하고, 핫도그도 참 좋아합니다. 사실 채식주의자가 그러면 안 되는데……. 그렇지만 무엇보다도 저는 연극을 사랑합니다. 박 교수와 함께 연극을 많이 보았습니다. 제가 가장 좋아하던 시간 중 하나였습니다.

4장 첫 번째 다리

출연 **남자1**
남자2

(**남자1**과 **남자2**가 차 안에 있다. **남자1**이 운전을 한다.)

남자2 …… 아, 저기 있네.

남자1 어디요?

남자2 저기 저 나무 옆에 있는 거 보여요?

남자1 아, 네.

남자2 그냥 운전하고 지나가면서 볼래요? 아니면 잠깐 세워 놓고 봐도 되고.

남자1 야, 정말 멋있어요. 반대편으로 넘어가기 전에 우선 여기서 한 장 찍어야겠습니다. 이쪽에서가 빛이 더 좋네요.

남자2 그래요.

Walcott Covered Bridge, Bracken County, Kentucky.
켄터키 주 브래큰 카운티의 월콧 커버드 브리지.

"근데 왜 다리를 커버했던 거지요?"
"다리를 보호하기 위해서입니다."

(둘이 차에서 내린다.)

남자1 아주 근사한데요. (**남자1**은 사진을 찍는다.) 근데 왜 다리를 커버했던 거지요?

남자2 다리를 보호하기 위해서입니다. 실제로 효과가 있었을 거예요. 이 다리는 한 백오십 년쯤 된 것 같네. 이 근치에 있는 다리들 대부분이 백 년이 넘었습니다. 확실해요.

남자1 몇 개나 있나요?

남자2 오하이오 주에서……. 이 근처에는 일곱 개요. 가까운 인디애나에도 내가 아는 곳이 두 군데 있는데, 아마 그보다 훨씬 더 많을 거예요. 어떤 다리들은 운전해서 통과할 수도 있어요.

남자1 정말이요?

남자2 그럼요.

남자1 이 다리도 운전해서 넘어갈 수 있어요?

남자2 아니요. 이 다리는 아닙니다. 입구에 체인 걸려 있는 거 보이지요?

남자1 아, 그러네요.

남자2 하지만 걸어서 건널 수는 있어요, 원한다면.

남자1 네. 물론이지요. 다리 사진을 찍고 다리 안에서 보이는 풍경도 찍어야겠어요.

남자2 그래요.

(둘은 다리 쪽으로 걸어간다.)

남자1 아니 진짜 운전해서 지나갈 수 있는 다리들이 있어요?

남자2 몇몇 다리들은요.

남자1 대단한데요!

남자2 처음부터 튼튼하게 잘 만들었거든요.

남자1 어쩌면 그래서 다리를 커버했는지도 모르겠군요. 오래가라고.

(**남자1**이 사진을 찍는다.)

남자2 그럴 겁니다. 당시에 이렇게 만드는 건 적지 않은 투자거든요. 나무야 근처에서 가져왔을 테니까 그렇게 비싸지는 않았을 테고, 인건비도 저렴했을 테고……. 이 정도 규모의 개울을 건너려면 당연히 다리가 필요할 테니까, 제재소가 있었겠지요. 그런데 다리를 자세히 보면 구조는 대부분 나무지만 군데군데 철물이 많이 사용되어 있거든요. 금속 볼트, 철제 받침 등등……. 이런 것들은 당시에는 꽤 비쌌던 재료들이지요.

남자1 그런데 이 다리들은 누가 만들었나요? 정부요?

남자2 아마 그럴 겁니다. 하지만 주 정부나 연방 정부는 아니고.

남자1 그럼 지방 정부요?

남자2 네. 작은 지방 정부요. 이 지역을 잘 알아야 될 테니까. 저쪽에 보면 다리가 만들어지기 전에는 어디서 개울을 건넜는지 알 수 있지요.

남자1 그러네요. 아, 그래서 도로들이 직선으로 오다가 다리 전후로는 휘어져 있군요.

남자2 그래요.

남자1 아니 그럼, 다리를 짓기 전에 이미 건너던 곳이 있었고, 그 후 다리가 완성됐는데도 아직도 예전 건널목이 사용되고 있다는 거예요?

(**남자1**이 사진을 찍는다.)

남자2 다리를 짓는 데 시간이 걸리니까, 완성될 때까지는 저런 '포딩 플레이스(fording place)'를 사용해서 건너는 거지요.

남자1 포딩 플레이스가 뭡니까?

남자2 소나 말, 수레 등을 밀면서 건널 수 있는 강이나 도랑, 개울의 수심이 낮은 지점을 말합니다. 그런 지점들을 중심으로 마을들이 만들어졌지요. 그래서 이름이 옥스포드(Oxford), 스탠포드(Standford), 이렇게 붙여진 거고요.

남자1 아, 그럼 우리 옥스포드도 그런 이름인가요?

남자2 아니 그렇지는 않아요. 우리 마을 이름 옥스포드는 그냥 영국의 대학 이름에서 따온 거지요. 미국의 많은 곳이 그렇듯이……. 마을이 대학을 중심으로 만들어지다보니까 영국의 명문 대학 이름을 따면 그럴 듯할 거라고 생각했던 겁니다. 하지만 영국에 있는 오리지널 옥스포드는 원래 '옥스(Ox)들을 포드하던 곳'이라는 의미입니다.

남자1 그렇군요. 그럼 이 건널목 근처에도 원래는 마을이 있었을까요?

남자2 아닐 겁니다. 하지만 여기서 가까운 다른 마을들로 가려면 이 건널목을 이용해야 했겠지요. 그런데 봄이 돼서 물이 불어나면 그것도 쉽지 않았을 거예요. 여기 보면 나무 둥치에 잔가지하고 진흙 묻어 있는 거 보이지요?

남자1 네.

남자2 수면이 이렇게 높아진다는 얘기예요.

남자1 이 정도면 거의 다리 바로 밑까지 차겠는데요?

남자2 자주 그런 건 아닙니다. 보통 때는 괜찮은데, 유독 비가 많이 오거나 하는 해에는 물이 불어서 건널 수 없는 경우가 생겼겠지요. 그래서 오래전 어느 가을, 추수가 끝나고 농부들이 모여 다리를 만들 생각을 했던 겁니다. 그게 아직까지 이렇게 서 있는 거고요.

남자1 스토리가 정말 좋은데요.

남자2 많은 다리들이 사실 누가 만들었는지 알려져 있지 않아요. 확실한 건 과거가 만들었다는 것뿐입니다.

남자1 근사한 표현이군요.

(**남자1**이 사진 한 장을 더 찍는다.)

(암전)

● 남자2의 두 번째 독백

제가 알고 있는 세상에서 가장 아름다운 문구는 "야 파르하티(Ya farhati)"입니다. 아랍어로 "아, 나는 얼마나 행복한가?"라는 뜻입니다. 정말 근사한 문구가 아닌가요? 야 파르하티!

© 박현신

Ya farhati.
야 파르하티.

"제가 알고 있는 세상에서 가장 아름다운 문구는
'야 파르하티(Ya farhati)'입니다."

Philips 27 menu.
'필립스 27'의 메뉴판.

"인디애나 주와 오하이오 주의 경계에 자리 잡고 있는,
미국인들이 트럭 스톱(truck stop)이라고 부르는 허름한 식당
'필립스 27(Philips 27)'은
우리가 매일 아침 여섯 시 반에 만나서 아침을 먹던 곳이었습니다."

5장 두 번째 아침식사

출연 **남자1**
남자2
웨이트리스

(이 장면은 미국의 전형적인 시골 다이너 '필립스 27(Phillips 27)'에서 시작된다. **남자1**과 **남자2**가 테이블에 앉아 있다. **웨이트리스**가 옆에 서 있다. 약 9초간의 침묵이 흐른다. 그리고 마침내…….)

남자1 야채 오믈렛 주세요. 치즈는 빼고요.

웨이트리스 흰 토스트요? 갈색 토스트요?

남자1 흰 토스트요.

남자2 나는 계란 두 개 오버 미디엄, 홈 프라이, 그리고 갈색 토스트.

웨이트리스 커피나 주스 하시겠어요?

남자2 커피요.

남자1 저도요.

웨이트리스 알겠어요.

(**웨이트리스**가 퇴장한다.)

남자1 지난번하고 주문이 다르네요.

남자2 이 집은 잉글리시 머핀이 없거든요. 그래서 선택의 여지가 없어요. 이 집 홈 프라이는 내가 다른 데서 먹는 해시 브라운하고 비슷하고……. 그냥 이름만 다르게 붙인 거 같아요.

(**웨이트리스**가 커피를 가져온다.)

남자2 고마워요.

남자1 고마워요.

(**웨이트리스**가 퇴장한다.)

남자2 그리고 이 집에서 오버 이지를 시키면 거의 안 익혀 나오거든요 ……. 그래서 여기서는 오버 미디엄을 시키지요.

남자1 그럼 결국 지난번하고 같은 걸 시킨 거네요?

남자2 그런 셈이지요.

남자1 이 집이 밥 에번스보다 더 좋은데요.

남자2 밥 에번스가 별로였나요?

남자1 아니요. 좋아요. 지나하고…… 또 그 다른 웨이트리스 이름이 뭐지요?

남자2 제인.

남자1 맞아요. 제인. 둘 다 아주 좋아요. 근데 이 집은 왠지…….

남자2 음식이 더 나은가요?

남자1 아니요. 그건 아직 안 먹어봐서 모르겠고요.

남자2 참, 그렇지.

남자1 음식은 그냥 비슷할 것 같은데 뭔가가…….

남자2 상징적? 시골 카페 같은 거?

남자1 왜 미국의 시골 카페를 생각할 때 딱 떠오르는 그런 이미지 있잖아요?

남자2 그러니까, 밥 에번스는 밥 에번스다운 점이 있어서 좋고, 이 집은 이 집대로의 맛이 있어서 좋다, 뭐 그런 건가요?

남자1 그렇지요.

남자2 그래도 이 집을 밥 에번스보다 좋아한다는 거지요? 굳이 말하자면 밥 에번스의 밥 에번스 같은 점보다는 이 집의 이 집다운 점이 더 좋으니까?

남자1 바로 그거예요.

남자2 하지만 밥 에번스도 밥 에번스적이라는 이유로 확실히 좋아는 하는 거고.

남자1 네.

남자2 근데 만약 밥 에번스가 이 집처럼 되려고 뭘 바꾼다면 아마 덜 좋아할 걸요? 왜냐하면 비록 이 집을 더 좋아하지만, 동시에 각 집의 개성을 좋아하는 것이기도 하니까요. 밥 에번스로서는 자기 고유의 개성을 지키는 게 최선이겠네요.

남자1 맞습니다.

남자2 그럼 결국 밥 에번스를 더 좋아할 수는 없는 거네.

남자1 그렇지요. 하지만 두 군데 다 좋아하기 때문에, 그날 기분에 따라서 어느 쪽을 선택하든 행복한 일이지요. 어떤 날은 지나와 제인의 친절한 수다가 그립기도 하거든요.

남자2 그렇지요. 맞습니다.

(**웨이트리스**가 음식을 가져온다.)

웨이트리스 (무표정하게) 여기 있어요.

남자2 고마워요.

남자1 고마워요.

(**웨이트리스**가 퇴장한다.)

남자1 봤지요? 이 웨이트리스는 지나하고는 많이 다르잖아요.

남자2 그러네. 불친절한 건 아닌데…….

남자1 불친절한 건 아니지요.

남자2 근데 뭐랄까…….

남자1 그냥 뭐, 말이 없는 거지요.

남자2 (끄덕이며) 그래, 말이 없는 것. (음식을 가리키며) 이거 봐요. 이 집에서는 오버 미디엄을 시켜야 밥 에번스의 오버 이지처럼 나온다니까! 그 오믈렛은 어때요?

남자1 괜찮아요. 야채들을 바로 잘라 써서 싱싱하네요.

남자2 그걸 알아요?

남자1 그럼요.

남자2 와. 정말 음식에는 조예가 깊군요.

남자1 사실 음식보다는 서비스에 더 신경을 쓰는 편입니다. 하지만 음식도 역시 중요하지요.

(암전)

"유럽이나 미국의 전형적인 작은 시골 마을을 가보면
보통 마을 중앙에 시민을 위한 광장이 있고,
그 주위에 마을 회관, 법원, 교회, 우체국,
그리고 반드시 도서관이
자리 잡고 있는 것을 볼 수 있습니다."
WallPaper
Antiques

Georgetown, Kentucky.
켄터키 주 조지타운.

● 남자1의 세 번째 독백

우리가 살고 있는 집을 비롯해서 세상 대부분의 장소는 이용자를 차별합니다. 부자는 좋은 집에 살지요. 부자는 좋은 호텔을 이용하고, 호텔 내에서도 좋은 방에 투숙하며, 고급 레스토랑에 출입합니다. 소유한 자동차도 다르고, 비행기 좌석도 다릅니다. 백화점, 미용실, 부티크, 슈퍼마켓, 심지어는 병원에서조차도 빈부의 차에 따라 방문객이 차별화됩니다.

하지만 모든 사람들이 평등하게 이용하는 공간들도 있습니다. 바로 미술관, 동물원, 그리고 도서관입니다. 큰 회사의 CEO도 아이들을 데리고 동물원에 놀러 오고, 노동자들도 아이들의 손을 잡고 동물원을 찾습니다. 부자라고 해서 미술관에서 남보다 좋은 위치에서 그림을 감상할 수 있는 것이 아니고, 부자라고 해서 도서관에서 더 좋은 책을 빌릴 수 있는 것도 아닙니다. 무엇이 좋은 책인지를 판단할 수 있는 안목이 있어야겠지요. 미술관, 동물원, 도서관의 공통점은 무엇일까요? 바로 민주주의입니다. 역사적으로 도서관은 민주주의의 발전에 큰 기여를 해 왔습니다. 누구나 책을 접하고 지식을 얻음으로써 무엇이 정의롭고 인간다운 것인지를 인식하고 실현할 수 있었던 것이지요. 그래서 도서관은 단지 모든 방문객을 평등하게 수용한다는 개념을 넘어서 지성적인 문화와 성숙한 민주주의를 상징하게 되었던 것입니다.

유럽이나 미국의 전형적인 작은 시골 마을을 가보면 보통 마을 중앙에 시민을 위한 광장이 있고, 그 주위에 마을 회관, 법원, 교회, 우체국, 그리고 반드시 도서관이 자리 잡고 있는 것을 볼 수 있습니다. 시민 지성의 상징이자 지역 사회에 대한 봉사인 도서관은 문화적 사랑방인 셈입니다. 그래서 여행 중에 만나는 작은 시골 마을의 도서관은 참 정겹습니다. 우리는 시골의 도서관에 들러서 잠시 책을 읽으며 시간을 보내는 것을 아주 좋아했습니다.

6장 또 다른 다리

출연 **남자1**
남자2

(**남자1**과 **남자2**가 두 개의 다리를 보며 서 있다.)

남자1 (잠시 서 있다가 왼쪽 다리를 쳐다보며) 다리가 두 개네요?

남자2 (오른쪽 다리를 쳐다보며) 두 다리가 나란히 서 있네.

남자1 (오른쪽 다리를 쳐다보며) 왜 그냥 하나만 크게 만들지 않았을까요?

남자2 (왼쪽 다리를 쳐다보며) 글쎄요.

남자1 (철제 다리를 쳐다보며) 이 철로 만들어진 다리, 참 근사하네요.

남자2 (철제 다리를 쳐다보며) 운전해서 지나갈 수 있어요.

남자1 (철제 다리를 쳐다보며) 정말요?

남자2 (철제 다리를 쳐다보며) 그럼요. (오른쪽 다리를 쳐다보며) 자, 운전해서 넘어

가면 됩니다. 오늘도 한 건 했네.

남자1 (철제 다리를 쳐다보며) 그래요. (오른쪽 다리를 쳐다보며) 어느 다리가 더 오래됐을까요?

남자2 (**남자1**을 쳐다보며) 네?

남자1 (**남자2**를 쳐다보며) 어느 다리가 더 오래됐는지 궁금해서요. (철제 다리를 쳐다보며) 이 철로 만든 다리일까요? 아니면 (왼쪽 다리를 쳐다보며) 이 나무로 만든 다리일까요?

남자2 아. (오른쪽 다리를 쳐다보고, 왼쪽 다리를 쳐다보고, 다시 철제 다리를 쳐다보고) 글쎄요. 잘 모르겠네요.

(암전)

Goddard Covered Bridge, Flemingsburg, Kentucky.
켄터키 주 플래밍스버그의 고다르드 커버드 브리지. 18미터가 넘는 길이와 200년의 역사를 자랑한다.

"많은 다리들이 사실 누가 만들었는지 알려져 있지 않아요.
확실한 건 과거가 만들었다는 것뿐입니다."
"근사한 표현이군요."

Ironbridge, Eaton, Ohio.
오하이오 주 이튼의 철제 다리.

"아니 진짜 운전해서 지나갈 수 있는 다리들이 있어요?"
"몇몇 다리들은요."
"대단한데요!"

7장 세 번째 아침식사

출연 **남자1**
남자2
웨이트리스(지나)

('밥 에번스' 내부. **남자1**과 **남자2**가 자리에 앉아 있다. **지나**가 커피를 들고 온다.)

남자1 안녕하세요, 지나?

지나 안녕하세요? 오늘도 오셨군요. 반가워요. 자, 여기 커피 있어요, 월터 교수님은 '스위트 앤 로(Sweet and Low)' 필요하시지요. 금방 다시 올게요. 입구에서 기다리시는 손님 좀 안내해 드리고요. 오늘 사라가 아파서 못 나왔거든요. 직원들이 모두 바쁘네요.

남자1 아, 네.

(**지나**가 퇴장한다.)

Bob Evans.
'밥 에번스'.

"메뉴는 안 가지고 왔어요.
오늘도 보나 마나 계란 두 개 오버 이지, 태운 해시 브라운,
그리고 태운 잉글리시 머핀 시키실 거지요?"

남자2 오늘 바쁜 날이겠네.

지나 (등장하며) 여기 물 있어요. 월터 교수님 물에는 얼음 뺐어요.

남자2 고마워요, 지나.

지나 메뉴는 안 가지고 왔어요. 오늘도 보나 마나 계란 두 개 오버 이지, 태운 해시 브라운, 그리고 태운 잉글리시 머핀 시키실 거지요?

남자2 그럼요.

지나 그리고 박 교수님은 매일 다른 걸 시키시는데……. 참, 지난 주말에 새로 요리사가 왔어요. 수란 좋아하시니까 그녀가 만드는 에그 베네딕트(Egg Benedict) 한번 드셔보세요. 정말 맛있어요.

남자1 그거 좋겠네요.

지나 그러실 줄 알았어요. 일단 주문 넣고, 조금 이따가 다시 와서 커피 리필해 드릴게요.

남자1 고마워요, 지나.

남자2 고마워요, 지나.

지나 네, 고맙습니다.

(**지나**가 퇴장한다.)

남자1 지나는 정말 일 잘하네요. 참 지난번에 얼핏 이야기했던 거요. 꼭 극장 무대가 아니어도 연극이 공연될 수 있다는 말씀이시죠?

남자2 네, 얼마든지요.

남자1 우리 한번 같이 해볼까요? 월터 교수님 학생들이 극본을 쓰고, 제 학생들이 세트를 디자인하고, 월터 교수님 학생들이 공연하고요…….

남자2 좋지요. 어디 생각해둔 공간이 있어요?

남자1 네. 저희 학과 건물 지하에 있는 갤러리 공간이요.

남자2 음. 지금 한번 보러 갈까요?

(암전)

● 남자2의 세 번째 독백

마이애미 대학교의 건축 실내디자인학과는 '알럼나이 홀(Alumni Hall)'이라는 이름의 건물 안에 자리 잡고 있습니다. 조디 포스터(Jodie Foster)의 감독 데뷔작으로 본인이 주연을 맡기도 한 영화 '리틀 맨 테이트(Little Man Tate)'에도 등장한 이 건물은 참으로 고색창연하고 우아하지요. 그 지하에 갤러리가 하나 있는데, 마치 동물 우리처럼 생겼다고 해서 '케이지 갤러리(Cage Galley)'라는 별명을 가지고 있습니다. 어느 한가한 일요일, 또 한 번의 아침식사를 하면서 저와 박 교수는 이 독특한 공간을 이용한 공연을 고안했습니다. 우리 연극학과 학생들이 극본을 쓰고, 박 교수의 학생들이 무대를 만들고, 다시 연극학과 학생들이 공연을 하는, 두 학과 간의 공동 창작 말입니다.

학기 초에 우리 과 학생들의 극본을 받은 박 교수의 학생들은 각기 무대 디자인을 위한 스케치와 도면, 모델들을 만들었습니다. 배우들의 연기와 내용의 전달을 극대화할 수 있는 다양한 아이디어들이 고안되었지요. 학기말에 무대 디자이너, 연극인, 건축가 등으로 구성된 심사위원단이 제출된 극본들을 심사해 최우수작을 선정했고, 그 작품을 바탕으로 무대가 만들어졌습니다. 갤러리라는 공간의 특성을 고려해 가능한 한 바닥이나 천장, 벽면의 훼손을 최소화하고 해체가 용이한 방향으로 작업이 진행되었습니다. 무대는 디자인을 담당한 박 교수의 학생들이 인근 하드웨어 스토어에서 구입한 재료들로 직접 만들었죠.

음악과 의상, 연출이 정해지고, 연극학과 학생들의 오디션을 통해 배우들을 뽑았습니다. 여러 번의 리허설을 거쳐 무대 디자인과 연기는 하나가 될 수 있었습니다. 마침내 막이 올랐지요. 연극은 자신의 정체성을 찾아 사막을 방황하는 잃어버린 왕국의 왕자와 그를 따르는 신하들의 이야기였습니다. 이 공연은 특이하게도 관객을 갤러리 밖의 복도뿐만이 아니라 갤러리 내부, 즉 연극이 공연되는 공간 안에도 배치하여 다른 시점에서의 감상 경험을 유도했지요. 관객들이 연극을 보면서 다른 관객들의 반응도 살필 수 있었던 것입니다. 이 공연은 대학의 많은 지지를 얻었고 인근 도시에서도 사람들이 찾아올 정도로 유명해졌습니다. 수개월에 걸친 노력 끝에 맺은 성공적인 결실이었지요. 이 공연을 본 예술대학의 로살린 벤슨 교수는 이런 말을 남겼습니다. "이제까지 케이지 갤러리에서 일어난 일 중 최고의 사건이었다(Best thing ever happened in the Cage Gallery)."

Cage Gallery Play 'One Exit'.
케이지 갤러리에서 공연된 연극 '한 출구'.

이 공연을 본 예술대학의 로살린 벤슨 교수는 이런 말을 남겼습니다.
"이제까지 케이지 갤러리에서 일어난 일 중 최고의 사건이었다."

Cage Gallery Play 'Snow and Rain'.
케이지 갤러리에서 공연된 연극 '눈과 비'.

"저와 박 교수는
이 독특한 공간을 이용한 공연을 고안했습니다.
우리 연극학과 학생들이 극본을 쓰고,
박 교수의 학생들이 무대를 만들고,
다시 연극학과 학생들이 공연을 하는, 두 학과 간의
공동 창작 말입니다."

8장 네 번째 아침식사

출연 **남자1**
남자2
웨이트리스
댄

(장면은 '필립스 27'에서 시작된다. **남자1**과 **남자2**가 테이블에 앉아 있다. **웨이트리스**가 옆에 서 있다. 약 10초간의 침묵이 흐른다. 그리고 마침내.)

남자2 자. 나는 계란 두 개 오버 미디엄, 홈 프라이, 그리고 갈색 토스트.

웨이트리스 커피나 주스 하시겠어요?

남자2 커피요. (**웨이트리스**가 **남자1**을 쳐다본다.)

남자1 수란 있어요?

웨이트리스 (약간 주저하면서) 글쎄요. 아무도 주문을 안 하는 거라서……. 물어보고 올게요.

남자2 여기 마음에 드는 거 맞아요?

남자1 그럼요. 왜 여기 별로세요?

남자2 아니요. 좋아요. 나야 뭐 원래 미드웨스트(Midwest) 출신이니까, 이런 데가 그냥 익숙하지요.

남자1 그렇겠군요. 그게 바로…….

웨이트리스 (테이블로 다시 돌아오며) 수란 된대요. (커피 두 잔과 주스 한 잔을 내려놓는다.)

남자1 아, 그럼 수란 두 개하고 베이컨 주세요.

웨이트리스 계란 시키면 토스트 나오는데요.

남자1 토스트는 됐어요.

남자2 그 토스트 내가 먹을게요. 갈색 토스트로 주세요,

남자1 아, 그러세요.

웨이트리스 네. 알겠습니다.

(**웨이트리스**가 퇴장한다.)

남자1 (주스 잔을 들며) 내가 아침에 주스 마시는 걸 기억하네요.

남자2 오늘은 마시고 싶지 않았던 거 아니에요?

남자1 맞아요. 하지만 웨이트리스가 내가 아침에 주스 마시는 걸 기억한다는 게 좋아요. 그래서 이 집이 마음에 들고요. 이런 집은 왠지 그래야 하는 것 같거든요. 친밀하고, 수수하고…….

남자2 시골 카페들이 보통 그렇지요.

남자1 시골에 있는 카페라고 다 좋아하는 건 아닌데요, 어떤 집들은 음식도 상당히

Our typical breakfast.
우리의 전형적인 아침식사.

"웨이트리스가 내가 아침에 주스 마시는 걸 기억한다는 게 좋아요.
그래서 이 집이 마음에 들고요.
이런 집은 왠지 그래야 하는 것 같거든요. 친밀하고, 수수하고……."

괜찮아요. 특별할 것 없는 평범한 음식이지만 정성껏 만들고요.

(**댄**이 등장, 옆으로 다가온다. 언제나처럼 팔십 세 정도의 나이인데, 백 세 정도로 보이고, 행동은 육십 대처럼 한다. 오늘도 건강해 보인다.)

댄 샘(**댄**이 발음의 편의상 상규를 부르는 호칭), 월터, 안녕하세요?

남자1 댄, 안녕하세요?

남자2 댄, 안녕하세요?

댄 (**댄**이 **남자1**의 어깨에 손을 얹는다.) 두 분 오늘 왜 체육관에 안 왔어요?

남자1 오늘은 농땡이 쳤어요.

댄 내가 매일 감시하고 있는데 빠지면 안 되지요.

남자2 아, 들켰네요.

남자1 근데 여기는 어떻게 알고 오셨어요?

댄 체육관에 안 나타나면 뻔하지 않아요?

남자1 우리가 농땡이 친 거 진작에 아셨군요?

댄 (웃음) 근데 말이지, 얼마 전 일인데, 라커룸에서 샤워를 하고 나서 다이빙 풀이 조금 더 따뜻하니까 거기서 수영을 하고 있었는데, 문득 수영복을 안 입고 들어온 게 생각나는 거야.

남자1 어유.

댄 깜짝 놀랐지. 어떻게 해야 할 줄을 모르겠더라고. 다행히 타월이 하나 있어서 겨우 가리면서 나오긴 했는데…….

남자2 라이프 가드가 못 봤어요?

댄 왜 못 봤겠어? 여학생이었는데, 애써 안 보려고 하더군. 많이 흉보지나 않았는지 모르겠네.

남자1 맙소사.

댄 나이를 먹을수록 큰 타월을 가지고 다녀야 한다는 교훈을 얻었지.

남자2 맞습니다.

남자1 명심할게요.

댄 (**웨이트리스**에게) 안녕하세요?

웨이트리스 안녕하세요.

(**웨이트리스**가 음식을 가져다 놓고 퇴장한다.)

댄 (**남자1**에게) 근데, 그거 수란이에요?

남자1 네.

댄 이 집에 그런 게 있는 줄 몰랐는걸. 고급스럽네. 자, 샘, 월터, 좋은 하루 보내세요.

남자2 살펴 가세요.

남자1 안녕히 가세요.

(**댄**이 퇴장한다.)

남자2 샘, (웃음) 그 토스트 안 먹으면 내가 먹어도 돼요?

남자1 그럼요. 저는 한 쪽이면 돼요. 그건 그렇고요, 혹시 뉴저지 다이너에 대해서 들어본 적 있어요? 거기서 일하는 웨이트리스들의 움직임을 보노라면 마치 무슨 무용 공연을 보는 것 같거든요. 그게 반복된 연습을 통해서 이루어지는 거면 조금 기계적이라서 지루할 수 있겠죠. 근데 경험이 만들어 내는 아주 숙련된 움직임이라, 꼭 필요한 동작을 군더더기 없이 표현하고 있는 춤 같지요.

남자2 아, 마치 '플라톤의 웨이트리스' 같은 거군요.

남자1 바로 그런 겁니다. 웨이트리스가 언제 웃고 언제 웃지 말아야 할지를 얘기해줘서 아는 게 아니라, 웨이트리스가 웃을 때 보면 아, 지금이 웃어야 할 때구나, 웃지 않을 때 보면 아, 지금은 웃으면 안 되는구나 하는 것을 저절로 알게 되는 것과 같은 거지요.

(**웨이트리스**가 커피를 리필해준다.)

남자2 고마워요.

남자1 고마워요.

웨이트리스 네.

(**웨이트리스**가 퇴장한다.)

남자2 저 웨이트리스는 워낙 무뚝뚝해서 웃으면 이상할 것 같군요.

남자1 웃으면 안 되지요. 오히려 어색할 거예요. 이런 식당 분위기에는 어울리지도 않고요.

남자2 근데 사실, 여기를 그렇게 자주 오고도 저 웨이트리스 이름을 모르네.

남자1 헬렌이에요.

남자2 헬렌? 어떻게 알아요?

남자1 웨이트리스들은 계산서 밑에 항상 자기 이름을 쓰거든요. 나중에 팁을 계산해야 되니까요.

남자2 그렇군요.

남자1 저 웨이트리스는 저희 집 근처에 살아요.

남자2 아, 그래요?

남자1 네. 가끔 동네에서 봐요.

남자2 그럼 이제부터는 헬렌이라고 부를까?

남자1 글쎄요. 그래도 되겠지만, 왠지 별로 좋아할 것 같지 않은데요.

남자2 아!

남자1 그렇게 부른다고 뭐라고 하지는 않겠지만, 아마…….

남자2 알겠어요. 그건 오히려 그녀의 춤 동작에 방해가 된다는 말이군요.

남자1 단순히 '먹는다'는 것과 '식사를 한다'는 것은 다른 경험이에요. 모든 게 다 중요하지요. 음식뿐만이 아니라 레스토랑의 실내 장식, 웨이터와 웨이트리스의 서비스, 그리고 손님으로서의 태도와 행동 등 이 모든 것들이 조화를 이룰 때 좋은 식사 경험이 되는 겁니다.

남자2 …… 근데 밥 에번스의 지나는 항상 웃어야 되는 거지요?

남자1 지나는 항상 웃지요. 그게 밥 에번스에서 우리가 느끼는 경험이구요. 지나는 어디서 일하더라도 아마 그럴 거예요.

남자2 만약에 지나가 여기서 일하면 어떨 것 같아요?

남자1 이 집은 이 집대로의 약간 퉁명스러운 분위기가 오히려 어울리는 것 같아요.

(**댄**과 **헬렌**의 목소리가 들린다.)

댄 헬렌, 여기 타바스코 소스 좀 갔다 줘요.

웨이트리스 네.

댄 고마워요, 헬렌.

남자1 …… 댄처럼 팔십 정도의 나이가 되면 헬렌의 이름을 불러도 상관없겠지요.

남자2 그럼요. 발가벗고 수영도 하는데요, 뭐.

남자1 그렇지요. 우리는 아직 안 되겠네요.

남자2 오후 스케줄 어떻게 되지요?

남자1 없어요. 강의는 12시에 모두 끝나요.

남자2 그럼 점심합시다. 그리고 어디론가 가봅시다.

남자1 그러지요.

남자2 드라이브해서 좀 멀리 갈까요?

남자1 좋아요.

남자2 자, 오늘은 또 어디로 떠날까요?

(암전)

● 남자1의 네 번째 독백

서비스란 과연 무엇일까요? 서비스는 음식과 디자인, 분위기와 사람, 이 모두와 관계가 있습니다. 우리의 삶 전부와 연결되어 있지요. 그래서 머리에서 비롯하는 지식과 지혜, 가슴에서 솟아나는 따스한 감성이 조화를 이루는 서비스만이 우리에게 감동을 줄 수 있습니다. 서비스는 창조이기도 합니다. 소유하는 것이 아니라 경험하는 것이고요. 고객의 입장에서 볼 때는 약속이나 상징으로 인식되고, 경험한 후에는 정확한 기억으로 연결되지요. 사물들을 정감 있게 바라보고 그 각각의 의미에 대해 사색할 줄 아는 사람이야말로 진정 마음으로부터 우러나는 향기 나는 서비스를 할 수 있습니다. 밥 에번스라는 시골 레스토랑에서 지나가 보여주었던 서비스의 수준은 오하이오를 떠난 이후 지금까지, 뉴욕에서도 서울에서도 경험하지 못했습니다. 그래서 그 기억은 더 특별하고 소중합니다.

Auberge du Moulin Hideux, Bouillon, Belgium.
벨기에 부용의 물랭 이두 호텔 레스토랑 오너의 서비스.

"머리에서 비롯하는 지식과 지혜,
가슴에서 솟아나는 따스한 감성이 조화를 이루는 서비스만이
우리에게 감동을 줄 수 있습니다."

막 간 Int e r

m i s sion

Stephen Foster restaurant, Kentucky.
켄터키 주의 레스토랑 '스티븐 포스터'.

"우리의 아침식사는
우리 일상 생활의 자연스런 일부였고
형식이나 격식을 따지지 않는 지극히 소박한 것이었지만,
그 식사들 도중에 나누었던 어떤 대화들은
다른 사람들과도 나눌 만한 가치가 있다고 생각했습니다."

Liberty Restaurant, Liberty, Indiana.
인디애나 주 리버티의 레스토랑 '리버티'.

"우리의 아침식사는 이제 천칠백 번을 넘어섰습니다."

Hamburger Wagon,
Miamisburg, Ohio.
오하이오 주
마이애미스버그라는 마을의
100년도 더 된
노천 햄버거 스탠드.

'Gentlemen's Gateway', Hamilton, Ohio.
오하이오 주 해밀튼 시의 '젠틀맨스 게이트웨이'. 퇴직한 경찰관이 주인으로, 우리의 단골 이발소였다.

Old car show, Oxford, Ohio.
오하이오 주 옥스포드 시에서 개최된 앤티크 자동차 쇼.

Kentucky Fried Chicken Festival, London, Kentucky.
켄터키 주 런던 시에서 매년 9월 마지막 주에 열리는
'켄터키 치킨 페스티발' 풍경.

Sander's Cafe, Corbin, Kentucky.
켄터키 주 코빈의 '샌더스 카페'.
'켄터키 후라이드 치킨'의 전설이 시작된 오리지널 식당.

Jockey sculptures, Keenland horse racing track, Lexington, Kentucky.
켄터키 주 렉싱턴 시의 '킨랜드' 경마장에 전시된 기수상들.

"이번 주말 스케줄이 어떻게 돼요?"
"아무것도 없어요."
"아, 그럼 어디론가 갑시다."

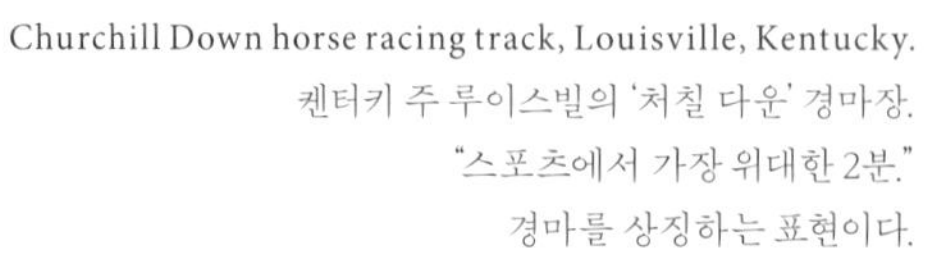

Churchill Down horse racing track, Louisville, Kentucky.
켄터키 주 루이스빌의 '처칠 다운' 경마장.
"스포츠에서 가장 위대한 2분."
경마를 상징하는 표현이다.

Jockeys in Churchill Down, Louisville, Kentucky.
켄터키 주 루이스빌 '처칠 다운' 경마장의 기수들.

"켄터키의 경마장은 풍경이 참 예쁩니다.
일 년에 한두 번 즐기던 우리의 특별한 나들이였지요."

Somewhere in Kentucky.
끊임없이 연결되는 나무 펜스는 켄터키 주의 대표적인 경관이다.

"우리 어디로 갈까요?"

"강 반대편으로 가보면 어때요? 켄터키 쪽으로요."

"강 상류요? 아니면 하류요?"

"어느 쪽이 더 좋을까요?"

"잘은 모르겠지만 상류 쪽이 아마 더 시골스런 풍경일 겁니다.
일단 저 방향으로 가면 돼요."

Thrall Children's Theatre of Miami University. Performance at 'Everland', Korea, 2001.
마이애미 대학교의 어린이를 위한 연극 극단의 공연 모습. 2001년, 대한민국 에버랜드에서.

"여름방학이 시작되면…… 연극학과 학생들을 데리고
오하이오, 인디애나, 켄터키 주의 초등학교나 유치원, 고아원 등을
찾아다니며 어린이를 위한 연극 공연을 합니다.
제가 직접 작곡한 오페레타(operetta)를 학생들이 공연하고
저도 벤조를 연주하지요. 벌써 20여 년이 넘었습니다."

2막

남자1, 남자2,
그 여자의 이야기

1장 인디애나 주 어딘가에서

출연 **남자1**
남자2

(**남자1**이 운전을 한다. 조수석에 있는 **남자2**는 졸고 있다.)

남자2 (졸다가 깨서 창밖을 둘러보며) 여기가 지금 어디지요?

남자1 인디애나 주예요.

남자2 그런 거 같기는 한데……. 어떻게 여기까지 왔지요?

남자1 지도가 없어서 왼쪽 길이 나오면 왼쪽으로 가고, 오른쪽 길이 나오면 오른쪽 길로 가고 하다 보니…… 여기까지 왔네요.

남자2 아, 그 비포장도로 시작되는 언덕을 넘어서 왔군요.

남자1 맞아요.

남자2 근데, 어디 목적지가 있어요?

남자1 아니요. 남쪽으로 가볼까요? 약간 남동쪽 방향으로?

남자2 그래요. 그리로 가면 내가 태어난 동네예요.

남자1 기억합니다. 매디슨(Madison)이라고 하셨지요?

남자2 네. 강이 내려다보이는 언덕 위의 마을이지요. 아주 아름답습니다.

남자1 고향은 가끔 들르세요?

남자2 몇 년 전에 동창회가 있어서 갔었어요. 고향을 찾는 게 좋기는 한데……. 예전에 살던 집도 없어지고 알고 지내던 사람들은 다 타지로 떠났거나 돌아가셨어요……. 고향은 언제나 좋지요. 하지만 다시 방문하게 될지는 모르겠습니다. 부모님 생각이 나서 좀 슬프기도 하고요. 그래도 이 근처에 오는 건 좋아해요.

남자1 저도 이 동네 아주 좋아요.

남자2 오든(W. H. Auden)이라는 시인이 쓴 「라임스톤 예찬(In Praise of Limestone)」이라는 시가 있습니다. 그 시를 읽을 때마다 시에서 묘사된 지역이 여기일 거라고 늘 생각했어요. 거대하거나 웅장한 것이 아니라 나지막하고 아기자기한 풍경, 큰 산이 아니라 작은 언덕이 있고, 강이 아니라 개울물이 흐르는……. 이곳은 변한 게 거의 없어요. 하긴 사람들이 이곳에서 농사를 짓기 시작했을 때부터 이미 계곡 안쪽에 충분히 큰 농지가 있었거든요. 다른 마을이 농지가 더 필요하면 경작지를 늘리고 그러면서 마을이 더 커졌던 것과는 대조적이지요. 이 마을은 계곡에 둘러싸여서 농지를 더 넓힐 수 없었으니까 그대로 유지되었던 겁니다. 내가 어릴 때만 해도 반쪽짜리 농부들이 많았어요. 하루의 절반은 밭에서 일하고, 나머지 시간은 공장에서 일하거나 스쿨버스를 운전하거나 하는 식이지요. 또 한 가지 재미있는 사실은 초창기 유럽에서 온 이민자들이 자신들의 고향을 몹시 그리워한 나머지 이 근처 마을들에 자신들의 고향 이름을 붙였다는 겁니다. 실제

Somewhere in Indiana.
인디애나 주 어딘가.

"고향은 언제나 좋지요.
하지만 다시 방문하게 될지는 모르겠습니다.
부모님 생각이 나서 좀 슬프기도 하고요.
그래도 이 근처에 오는 건 좋아해요."

로 여기서 백 마일 내에 파리, 런던, 베로나, 모스크바, 베르사이유, 뱅센(Vincennes), 하노버(Hanover), 심지어는 힌두스탄(Hindustan)이라는 이름의 마을까지 있습니다. 앞으로 계속 가면 아마 비비(Vevay)라는 곳에 도착할 거예요. 스위스의 마을 이름을 붙인 아주 오래된 작은 마을이지요.

(**남자2**는 다시 졸기 시작한다.)

남자1 혹시 괜찮으면 잠시 깨어 계시지요.

남자2 아, 그래요. 미안해요.

남자1 아니요. 차에서 주무시는 거는 괜찮아요. 늘 그러시니까. 우리가 여행하는 풍경의 일부이기도 하고요.

남자2 차만 타면 조는 버릇이 있어서…….

남자1 네. 그게 아니고, 좀 의논을 드릴 일이 있어서요.

남자2 그래요? 뭔가요?

남자1 저의 멘토시니까…….

남자2 혹시 뭐 필요한 거 있어요?

남자1 사실, 저 조금 외롭습니다.

남자2 (의자에서 허리를 곧추세우며) 아, 그게…….

남자1 여기 생활이 좋기는 한데요. 아침식사하고, 열심히 가르치고, 가끔 시골 여행도 하고……. 그래도 가끔 외로울 때가 있어요.

남자2 그렇겠지요.

© 박현신

Keenland horse racing track, Lexington, Kentucky.
켄터키 주 렉싱턴의 킨랜드 경마장 트랙.

"사실, 저 조금 외롭습니다.
…… 여기 생활이 좋기는 한데요.
아침식사하고, 열심히 가르치고, 가끔 시골 여행도 하고…….
그래도 가끔 외로울 때가 있어요."

남자1 제 멘토로서 좀…….

남자2 그러니까…….

남자1 저는 잘 모르겠어요. 어디서 여자친구를 만날 수 있을지, 아니면 강아지라도 한 마리 키워야 할지…….

남자2 그러니까 혹시 나한테 아는 여자가 있으면 소개시켜달라?

남자1 네. 한국에서는 보통 친구들이 소개시켜주거든요.

남자2 알고 지내는 친구나 직장동료 중에서 누군가와 자연스럽게 사귀게 되는 거 아닌가요?

남자1 그럴 수도 있겠지요. 하지만 같은 직장 내에서 사귀는 건 좀 그렇고요.

남자2 사실, 나도 여기서 십오 년 근무하는 동안 데이트라고는 겨우 두세 번 정도밖에 못 해봤어요.

남자1 그래요?

남자2 나는 연애를 잘 못합니다. 노력해봐도 안 되더군요.

남자1 우리끼리 이렇게 아침 먹고 드라이브도 하면서 지내는 건 좋지만…….

남자2 무슨 말인지 알아요.

남자1 신경을 좀 써주세요.

남자2 그러니까 결국 누구 좀…….

남자1 맞아요.

남자2 소개해달라 이거지요?

남자1 네.

남자2 알겠어요. 근데 나 그런 거 잘 못하는데……. 아, 무랄리 교수한테 물어보는 건 어때요?

남자1 무랄리 교수는 의사 아내와 애들 둘이 있는 전형적인 가정남이지요. 그런 쪽으로는 전혀 몰라요.

남자2 리사는 어때요?

남자1 리사요? 저보다 열 살은 더 많을 걸요.

남자2 아니, 내 얘기는 리사가 사람들을 많이 아니까, 혹시 누구를 좀 소개시켜줄 수 있지 않을까 해서…….

남자1 리사의 친구들은 대부분 건축가들이에요.

남자2 건축가는 싫어요?

남자1 재미있기는 한데 데이트 상대로는 별로예요.

남자2 거봐요. 나한테 물어봐야 별로 도움이 안 되잖아요.

남자1 그런 거 같네요.

남자2 미안해요. 원래 그런 데 관심이 없어서…….

남자1 괜찮아요. ……저기 보이는 거 교회인가요?

남자2 알아보는군요. 맞아요. 예전엔 교회였는데, 지금은 집으로 바뀐 거예요.

남자1 건물 외관이 교회처럼 보여요.

남자2 지금 우리가 있는 곳은 스위스 카운티라는 곳이에요. 이곳 역시 스위스에서 온 이민자들이 자기 나라 이름을 따다 붙인 곳이지요. 예전에 왔을 때 들었는데, 한동안 이 마을에서는 오래된 교회를 사서 개인 주택으로 바꾸는 게 유행했었대요.

남자1 아, 그래요? 마을에 교회가 그렇게 많아요?

남자2 미드웨스트 지역에는 교회가 아주 많아요.

남자1 그러고 보니 그러네요. 우리가 사는 마을에도 한 스무 개는 되는 것 같던데…….

남자2 맞아요. 이 지역에는 더 많아요. 원래 선교사들이 정착했던 땅이니까요. 적당

Goddard United Methodist Church, Flemingsburg, Kentucky.
켄터키 주 플래밍스버그의 고다르드 교회.

"여기 가면
아주 작고 예쁜 교회가 하나 있거든요.
그 교회 사진을 꼭 찍고 싶어요."

하게 높은 지대면서 강이 가까이 있고, 비옥하고, 겨울에도 온화해서 사방에서 사람들이 모여들었지요.

남자1 프랑스어로 된 지명이 많은 것 같은데요?

남자2 프랑스인들이 이곳에 가장 먼저 들어왔습니다. 그리고는 그 뒤를 이어 유럽의 각 나라에서 이민자들이 모여들었지요. 먼저 정착한 가톨릭 신자들이 지은 수도원이 이 근처에 있어요. 나중에는 신교도들도 많이 이주해 와서 마을을 만들었죠. '뉴 하모니(New Harmony)' 같은 곳이 대표적인 곳이에요.

남자1 여기가 뉴 하모니 근처인가요?

남자2 아니요. 거긴 인디애나 주 반대편 끝입니다. 그렇게 멀지는 않아요. 뉴 하모니 마을에 대해서 들어본 적 있어요?

남자1 네. 언제 날 잡아서 한번 가요.

남자2 그럽시다. 미안하군요. 연애사업에 도움이 못 돼서…….

남자1 아니에요.

남자2 ……강아지 입양하는 일이라면 도와줄 수 있을 텐데…….

(암전)

• 남자1의 다섯 번째 독백

얼마 전 인디애나 주의 시골 마을에 레스토랑 하나가 문을 열었습니다. 인근 지역의 농장들로부터 공급받는 야채와 과일로 다양한 식단을 갖춘 채식 전문 식당이지요. 재미있는 점은 이 식당의 메뉴에 스테이크가 포함되어 있다는 사실입니다. 스테이크 전문점에 샐러드 메뉴가 있는 것은 어색한 일이 아니지만, 채식 전문 식당에 스테이크 요리가 있는 것은 다소 의아한 일이 아닐 수 없습니다. 이유는 간단했습니다. 혹시 손님 중에 있을지 모를, 채식을 싫어하는 사람을 위한 배려 때문이었습니다. 이것은 '포용(Inclusion)'이라는 개념입니다.

여기 마이애미 대학교의 '캠퍼스 기독교 학생회(Campus Crusade for Christ)'는 가입 회원이 칠천 명 정도로 전체 미국 대학의 C. C. C. 중에서 가장 규모가 큽니다. 또한 옥스포드 시에는 교회가 스무 개가량 있는데 삼만 명의 주민에 비하면 적지 않은 편입니다. 하지만 이곳에서 살면서 지금까지 동료나 이웃, 학생들로부터 "교회에 나와라" "예수를 믿어라" 같은 말은 단 한 번도 들어본 적이 없습니다. 아랍이나 동양 문화권에서 온 타 종교를 가진 학생들을 이단시하는 것도 본 적이 없고요. 오히려 불교나 이슬람교에 대한 이야기가 나오면 관심 있게 듣고 존경을 표합니다. 언제나 상대방을 우선적으로 배려하고 일상 생활 구석구석에서 다른 사람들을 기쁘게 도와줍니다. 이걸 보면서 저는 기독교의 가르침이 이곳에서 아주 성숙하게 실천되고 있다는 느낌을 받습니다.

미국은 기독교라는 종교가 지닌 정신을 바탕으로 건립된 나라입니다. 그리고 그 정신은 각자의 삶을 반성하고 남을 배려하도록 하며, 정직하고 올바르게 살도록 이끌어 줍니다. 타 종교에 대한 인정, 타 문화에 대한 존중은 기본이겠지요. 다른 사람을 도와주는 것을 가장 큰 미덕으로 생각하는 사회에서는, 다른 사람을 불편하게 만드는 것은 당연히 크게 잘못된 것이고 부끄러운 일이 될 것입니다. 이러한 포용의 개념은 다른 사람에게는 물론이거니와 우리 자신에게도 적용됩니다. "포용은 포용의 주체도 포용합니다(Inclusion includes includers)."

2장 어딘가 다른 곳에서

출연 **남자1**
남자2

(**남자1**이 운전을 한다. **남자2**는 지도를 보고 있다.)

남자1 여자가 생겼습니다. 비올리스트예요.

남자2 비올라? 그 바이올린하고 비슷하게 생긴 악기요?

남자1 네. 줄리아드(The Juilliard School) 나왔고요.

남자2 와, 그럼 대단한 수준의 비올리스트겠네요?

남자1 (CD를 건네며) 여기 표지에 사진이 있어요.

남자2 아, 네.

남자1 오른쪽에 비올라 들고 서 있는 사람이에요.

남자2 야, 굉장한 미인이군요. 어디서 만났습니까?

Faculty recital poster, Miami University.
마이애미 대학교 교수 음악회 포스터.

"여자가 생겼습니다. 비올리스트예요."
"비올라? 그 바이올린하고 비슷하게 생긴 악기요?"
"네, 줄리아드 나왔고요."
"와. 그럼 대단한 수준의 비올리스트겠네요."

남자1 제 친구 동생이 있는데…….

남자2 네.

남자1 소개시켜줬어요. 유진의 반주자가 제 친구 동생하고 제일 친한 친구예요.

남자2 이름이 유진입니까?

남자1 아, 네. 참, 제가 이름을 얘기 안 했군요.

남자2 잘됐네요. 언제 만난 겁니까?

남자1 저기, 다음 주 화요일에요……. (CD를 가리키며) 그거 좀 틀어주실래요?

남자2 (CD를 넣으며) 그럼요. 근데, 다음 주 화요일에 뭐…….

남자1 네, 제가 서울에 가야 되거든요.

남자2 아, 그래요?

남자1 그래서 말인데요, 다음 주 수요일 제 강의 시간에 학생들한테 '로미오와 줄리엣' 주제로 특강 좀 해주실 수 있으세요?

남자2 그럼요. 물론이지요.

남자1 고맙습니다. 다른 강의는 무랄리 교수가 대신 보강해주기로 했어요.

(**남자2**가 CD를 튼다. 현악 사중주가 흐른다.)

남자2 무슨 음악인가요?

남자1 그녀가 연주하는 겁니다.

남자2 좋네요.

남자1 비올라 소리예요.

남자2 참 아름답습니다.

남자1 지금부터 공부 좀 해야겠어요.

남자2 비올라 음악에 대해서 좀 더 알고 싶은 거지요?

남자1 맞습니다.

남자2 첫 만남이 좋았겠네요.

남자1 네. 아주 좋았습니다.

(음악이 계속해서 흐른다.)

(암전)

3장 올리스 트롤리(Ollie's Trolley)

출연 **남자1**
남자2
점원
손님들(배경)

(**남자1**과 **남자2**가 트롤리 차를 개조한 포장마차 앞의 줄에 서 있다. 곧 순서가 다가온다. 그들 뒤에 다른 **손님들**이 줄을 서 있다. 포장마차 앞에 피크닉 테이블이 세 개 놓여 있다.)

점원 삶은 돼지고기 하나, 구운 콩 하나, 작은 칠리 하나, 그리고 펩시콜라. 맞죠?

남자1 네. 삶은 돼지고기 샌드위치는 박스에 좀 담아 주세요. 너무 커서 들기가 힘드네요.

점원 네. 알겠습니다.

남자2 (**점원**에게) 이거하고 이거, 둘 다 주세요.

점원 네. 확인해 드릴게요. 구운 콩, 삶은 콩…… 꼭 제 집사람이 먹는 것처럼 드시네요.

Ollie's Trolley, Cincinnati, Ohio.
트롤리 차를 개조한 포장마차 식당 '올리스 트롤리'. 오바마 대통령도 다녀갔던 신시내티의 명물.

"오늘은 치킨 윙 안 먹어요?
"아니요, 치킨 윙도 맛있지만, 이 삶은 돼지고기 샌드위치가
정말 맛있거든요. 최고에요. 클래식입니다.
어쩌면 세상에서 제일 맛있는지도 모르겠어요.
조금 드셔보실래요?"

양배추 절임, 고추튀김, 그리고 다이어트 펩시요?

남자2 네, 맞습니다.

점원 전부 합쳐서 이십일 달러 이십 센트입니다.

남자2 여기 있어요. (**점원**에게 이십오 달러를 건넨다.)

점원 고추튀김은 조금 시간이 걸립니다. 여기서 드시고 가실 건가요?

남자1 네.

점원 음식 나오면 부를게요. (**남자2**에게 거스름돈을 건넨다.)

남자2 고마워요.

남자1 고마워요.

(둘은 포장마차 밖의 피크닉 테이블로 이동한다.)

남자2 오늘은 치킨 윙 안 먹어요?

남자1 아니요, 치킨 윙도 맛있지만, 이 삶은 돼지고기 샌드위치가 정말 맛있거든요. 최고예요. 클래식입니다. 어쩌면 세상에서 제일 맛있는지도 모르겠어요. 조금 드셔보실래요?

남자2 아니요. 나는 채식주의자가 되려고 노력 중이에요.

남자1 압니다. 하지만 이렇게 맛있는 건 예외지요. 드셔보세요?

남자2 아니에요. 참아야죠. 그나저나 우리 어디로 갈까요?

남자1 강 반대편으로 가보면 어때요? 켄터키 쪽으로요.

남자2 강 상류요? 아니면 하류요?

남자1 어느 쪽이 더 좋을까요?

Ollie's Trolly menu.
'올리스 트롤리' 메뉴판.

"삶은 돼지고기 하나, 구운 콩 하나, 작은 칠리 하나,
그리고 펩시콜라. 맞죠?"

남자2 잘은 모르겠지만 상류 쪽이 아마 더 시골스런 풍경일 겁니다. 일단 저 방향으로 가면 돼요.

남자1 좋아요. 근데 상류 쪽으로 가면 오하이오 쪽으로 돌아오는 다리가 있나요?

남자2 포츠머스(Portsmouth)에 하나가 있기는 한데, 거긴 좀 멀고……. 아마 그 전에 하나쯤 있을 거예요. 오하이오 쪽으로 '햄릿'이라는 마을이 있거든요.

남자1 셰익스피어의 '햄릿'에서 따온 이름인가요?

남자2 아마 아닐 겁니다. 그러고 보니 가본 적은 없네요. 운전하면서 지나가기는 했는데…….

점원 (크게 소리친다.) 고추튀김 나왔어요!

남자2 고마워요. (음식을 가지러 갔다가 돌아온다. **남자1**은 지도를 보고 있다.)

남자1 여기 가면 되겠네요.

남자2 어디 찾았어요?

남자1 여기 가면 아주 작고 예쁜 교회가 하나 있거든요. 그 교회 사진을 꼭 찍고 싶어요.

남자2 그럽시다.

남자1 참, 유진에게 교수님이 지도하는 한국 학생 윤정이의 부모님을 아냐고 물어봤어요. (**남자1**은 삶은 돼지고기 샌드위치를 반으로 자른다.)

남자2 안대요?

남자1 네. 잘 아는 사이랍니다. 실내악단에서 같이 연주도 했고요.

남자2 아, 그래요?

남자1 세상 참 좁지요? (자른 샌드위치 반쪽을 **남자2**에게 건넨다.) 한번 드셔보세요.

남자2 괜찮다니까요.

남자1 이건 예외로 해요.

남자2 그래도 고기잖아요?

남자1 불교신자들도 고기 많이 먹어요.

남자2 나는 성공회 신잡니다. 우리도 고기는 먹어요. 하지만 자제하려고 하거든요. 가지고 있다가 나중에 드세요.

남자1 알겠어요. 일단 교수님 가방에 넣어 두세요. 나중에 먹을게요.

남자2 나중에 내가 배고파지면 먹을 거라고 생각하는 거지요? 아, 이 감자튀김 좀 먹을래요?

남자1 하나만 주세요.

남자2 자, 그럼 일단 여기로 갔다가, 또 어디로 갈지 생각해봅시다. 재미있겠네요.

남자1 혹시 봄방학 때 무슨 계획 있으세요?

남자2 글쎄요. 아직 별 계획 없는데요?

남자1 금요일 강의 다른 사람한테 부탁할 수 있어요?

남자2 이번 학기에는 원래 금요일 강의가 없어요.

남자1 참, 그렇지요. 잘됐네요. 저하고 콘서트에 가셔야 될지도 몰라요.

남자2 아, 네. 물론 가야지요.

남자1 혹시 양복 있어요?

남자2 어딘가에 있기는 할 텐데…….

(암전)

4장 오하이오 리버에서

출연 **남자1**
남자2
승객(약 85세)

(**남자1**과 **남자2**, **승객** 한 명이 작은 페리 바지선 난간에 기대 있다. 배의 소음이 상당하다.)

남자1 (소리치며) 오 달러밖에 안 해요?

남자2 (소리치며) 글쎄 그렇다네요. 금액이 동결되었나봐요.

남자1 (소리치며) 뭐라고요?

남자2 (소리치며) 금액이 정해져 있대요.

승 객 (소리치며) 그건 아니고요. 그래도 돈은 웬만큼 벌어요.

남자2 (소리치며) 그래요?

승 객 (소리치며) 그럼요. 항상 꽉 차거든요.

Barge ferry, Ohio River.
오하이오 강의 양 기슭을 오가는 페리 바지선.

"이 배는 얼마나 오래됐어요?"
"배가 바지선보다는 좀 더 낡았고……. 둘 다 꽤 오래됐지요."
"차를 여섯 대 태울 수 있나보지요?"
"네. 승용차나 트럭 여섯 대요. 큰 트럭은 못 태우고요."

Sang-Kyu's Honda and Dr. Gephart on the barge ferry.
페리 바지선 위의 혼다와 월터 게파르트 교수.

"이 페리 자주 타시나봐요?"
"네. 하루 종일이요. 그리고 매일이요."
"멋진 삶이군요!"
"그렇습니다."

남자1 (소리치며) 이 배는 얼마나 오래됐어요?

승 객 (소리치며) 배가 바지선보다는 좀 더 낡았고……. 둘 다 꽤 오래됐지요.

남자1 (소리치며) 차를 여섯 대 태울 수 있나보지요?

승 객 (소리치며) 네. 승용차나 트럭 여섯 대요. 큰 트럭은 못 태우고요.

남자2 (소리치며) 늘 승용차하고 작은 트럭만 태우나요?

승 객 (소리치며) 가끔 낚시용 보트하고 트레일러를 태우기도 합니다.

남자1 (소리치며) 강 건너는 데 얼마나 걸려요?

승 객 (소리치며) 팔, 구 분이요. 날씨에 따라 조금 달라요.

남자1 (소리치며) 정말 근사하네요!

승 객 (소리치며) 그렇지요!

남자2 (잠시 침묵하다가…… 소리치며) 우리가 간다는 콘서트 어디서 하는 거예요?

남자1 (소리치며) 서울이요.

승 객 (소리치며) 서울이요?

남자1 (고개를 끄덕이며 소리친다.) 네, 대한민국 서울이요.

승 객 (고개를 끄덕이며 소리친다.) 1952년에 그곳에 있었어요.

남자1 (소리치며) 그러셨어요?

승 객 (잠시 회상하다가…… 소리치며) 당신의 나라 참 아름답습니다.

남자1 (소리치며) 아, 네. 고맙습니다.

승 객 (끄덕인 후, 먼 곳을 잠시 보다가 다시 소리치며) 내가 갔을 때보다 많이 변했겠지요?

남자1 (끄덕인 후, 역시 먼 곳을 잠시 보다가 다시 소리치며) 네. 많이 변했습니다.

승 객 (끄덕인 후, 잠시 먼 곳을 응시하다 다시 소리치며) 그렇겠지요.

남자1 (끄덕인 후, 잠시 쉬었다가 다시 소리치며) 이 근처 사시나요?

승 객 (소리치며) 네.

남자2 (소리치며) 어디쯤이요?

승 객 (소리치며 왼편을 가리킨다.) 저기요.

남자1 (소리치며) 아니, 저기 보이는 저 집이요?

승 객 (소리치며) 네.

남자2 (소리치며) 지금 일하러 가시는 길이세요?

승 객 (소리치며 왼편을 가리키며) 아니요. 점심 먹으러 갑니다.

남자1 (의아해하며 왼편을 가리킨다.) 집으로 점심 드시러 가시는 길이세요?

승 객 (소리치며) 네.

남자1 (의아해하며 소리치며) 그럼 지금 어디서 오시는 길인데요?

승 객 (소리치며 오른편을 가리키며) 아침 먹고 오는 길이에요.

남자1 (잠시 머뭇거리다가 소리치며) 이 페리 자주 타시나봐요?

승 객 (소리치며) 네. 하루 종일이요. 그리고 매일이요.

남자1 (잠시 응시하다가 끄덕이다가 머뭇거리다가 소리치며) 멋진 삶이군요!

승 객 (동의하듯 소리치며) 그렇습니다.

(암전)

"저는 여기서 그리 멀지 않은 곳에서 태어났습니다 ……
제 주위 사람들에게 가끔 이 지역이라면 흙 맛도 기억하고 있다고 말하곤 합니다
저의 어린 시절 대부분을 보낸 곳입니다."

Somewhere different.
어딘가 다른 곳.

● 남자2의 네 번째 독백

저는 여기서 그리 멀지 않은 곳에서 태어났습니다. 바로 이 오하이오 강의 계곡 언저리입니다. 그래서 제 주위 사람들에게 가끔 이 지역이라면 흙 맛도 기억하고 있다고 말하곤 합니다. 저의 어린 시절 대부분을 보낸 곳입니다.

여행은 어디를 가든 다 즐겁습니다. 도시도 나쁘지는 않지요. 대중 교통도 원활하고, 공원도 잘 조성되어 있으니까요. 하지만 저는 시골을 더 좋아합니다. 아마 제가 작은 시골 마을에서 태어났기 때문일 겁니다. 식료품점 하나, 캔디 가게 하나, 동네 이발소, 그리고 소다수 판매기가 있는 약국이 읍내의 전부인 그런 작은 마을이었지요.

오하이오 주 남서부 강변 지역에는 아직도 옛날 모습의 식료품점, 소다수 판매기가 있는 약국 등이 그대로 있는 마을들이 꽤 있어요. 다른 지역에서는 거의 사라졌지만요. 우리 마을의 캔디 가게는 자그마한 체구의 아주 말수가 적은 할아버지가 주인이었습니다. 우체국 바로 건너편에 있었지요. 그리고 식료품점은 바닥에 나무 널빤지가 깔려 있었고, 카운터 위에 낡은 계산기가 놓여 있었어요. 마을 사람들은 자기 집 장부에 구입한 물건들을 적어 놓고는 한 달에 한 번 계산을 하곤 했습니다. 한 이십 년 전에 고향을 다시 찾은 적이 있었습니다. 물론 많이 변했지요. 그래도 여전히 옛 모습은 남아 있었습니다.

저는 시골길을 운전하는 것을 즐깁니다. 아마도 어릴 적 살던 고향을 생각나게 하는 풍경이 좋아서일지도 모릅니다. 또는 낡은 벽돌들, 오래된 카페나 철물점, 길가의 커다란 밤나무나 무화과나무, 그리고 작은 개울이나 커버드 브리지 같은 것이 좋아서일 수도 있고요. 그런 것들을 싫어할 사람이 있을까요? 박 교수와 저는 주말에 드라이브를 하곤 했습니다. 주말의 한적한 낮 시간에 시골을 여행하는 건 우리의 가장 큰 즐거움 중 하나였습니다. 우리는 나이트 라이프를 그다지 좋아하지 않았습니다. 연극을 보는 경우 말고는요.

5장 80시간의 세계 일주 여섯 장면

출연 **남자1**
남자2
항공사 여직원1
파일럿(음성)
항공사 여직원2(폴란드인)
카페 웨이터

#1

(**남자1**과 **남자2**가 신시내티 공항에 앉아 있다.)

남자2 …… 지금 몇 시지요?

남자1 오전 여덟 시 사십 분인데요.

남자2 지금쯤 보딩을 해야 하는 거 아닌가? 보통 국내선은 삼십 분 전에는 하는데…….

남자1 맞아요.

남자2 우리 비행기가 아홉 시 출발인데……. 하긴 아주 조그만 비행기니까 보딩하는데 시간은 별로 안 걸리겠지. 시간은 괜찮을 겁니다. 콘서트가 몇 시라고 했지요?

남자1 내일 저녁 일곱 시요. 독주회예요.

남자2 아, 그래요?

남자1 네. 중간에 앙상블도 섞여 있고요.

남자2 기대가 되는군요. 우리 비행기 시간은 괜찮을 겁니다.

남자1 시카고에서 떠나는 비행기가 몇 시지요?

남자2 그게……. (스케줄을 체크하며) 오전 열 시 이십 분이네요. 근데 시카고 시간이니까, 여기보다는 한 시간 늦게 갑니다. 그래서 두 시간 정도 여유 있어요.

남자1 그렇군요. 그러면 …….

남자2 라운지는 사용하지 못할 것 같은데요? 우리가 비행기 좌석을 노스웨스트를 통해서 예약했기 때문에…….

남자1 그건 괜찮아요. 그게 아니라 비행기…….

남자2 그래도 한번 물어보지요. 아, 금방 뭐라고 그랬어요?

남자1 비행기가 어디 있냐고요.

남자2 네? 무슨 말이지요?

남자1 우리가 타고 갈 비행기가 안 보여서요. 바로 요 앞에 도착해 있어야 하는데…….

남자2 그러네요. 비행기가 없네요.

남자1 여기 우리 게이트 맞지요?

남자2 모니터에 그렇게 쓰여 있었는데…….

남자1 게이트가 바뀌었나요?

남자2 한번 가서 물어봐야겠네요.

(**남자2**가 게이트의 데스크로 간다.)

여직원1 (미소를 지으며) 안녕하세요? 무엇을 도와 드릴까요?

남자2 네. 여기가 시카고행 아홉 시 비행기 타는 게이트가 맞는지 해서요.

여직원1 네. 맞습니다.

남자2 아, 다행이네. 비행기가 안 보이길래요.

여직원1 한번 볼게요. (컴퓨터로 체크한다.) 정시 출발로 나와 있네요. 아마 곧 보딩할 겁니다.

남자2 근데 비행기가 없는데요?

여직원1 아주 작은 비행기거든요. 금방 태우고 금방 떠날 겁니다.

남자2 그래요? 벌써 오전 여덟 시 사십오 분인데…….

여직원1 컴퓨터에 정시 출발이라고 나와 있습니다.

남자2 아, 네. 고마워요.

남자1 여직원이 뭐래요?

남자2 정시 출발이라네요.

남자1 아니, 비행기가 없는데…….

남자2 글쎄 그렇게 얘기했는데도 그러네요.

(1장면 끝)

#2

(**남자1**과 **남자2**가 항공사 카운터 앞에 서 있다.)

여직원1 안녕하세요? 도와 드릴까요?

남자2 네. 우리 시카고행 아홉 시 비행기 승객인데요. (보딩 패스를 보여준다.)

여직원1 네. 게파르트 교수님, 맞습니다. 비행기는 정시 출발로 되어 있습니다.

남자2 아, 그건 알겠는데, 지금 아홉 시 이 분 전이잖아요? 근데 비행기는 없고 일하는 사람들도 아무도 안 보이고요.

여직원1 작은 비행기라서 도착하면 금방 태우고 떠날 겁니다.

남자1 그 비행기가 없잖아요?

남자2 우리가 왜 그러냐면, 시카고에서 국제선으로 갈아타야 되거든요. 그래서 혹시 우리 비행기를 델타항공…… (노트를 체크하며) 2232편으로 바꿔주면 시간 맞춰서 갈아탈 수 있을 것 같은데요.

여직원1 하지만 컴퓨터에 정시 출발이라고 나와 있는 이상 다른 항공사의 다른 비행기로 옮겨드릴 수는 없습니다.

남자2 알아요, 하지만 이 비행기는 지금 없고, 오 분 후에 출발하는 델타항공 비행기는 저기 와 있잖아요!

여직원1 저희 항공사 열한 시 비행기로 바꾸어 드릴 수는 있습니다만…….

남자2 늦어서 안 돼요. 우린 시카고 시간으로 오전 열 시 이십 분 비행기를 타야 된다고요!

여직원1 그럼 안 되겠네요. 말씀드린 것처럼 컴퓨터에 정시 출발이라고 나와 있는 이상…….

남자2 비행기가 정시 출발이 아니잖아요? 지금 출발 일 분 전인데 비행기가 없잖아요!

여직원1 알고 있습니다. 하지만 컴퓨터가…….

남자2 그 컴퓨터가 틀렸잖아요! 손에 차고 있는 시계를 보세요. 어떻게 정시 출발일 수가 있어요? 일단 비행기가 도착해야 되고, 수유나 다른 정비는 안 한다고 쳐도 승객들 내리고, 그 다음에 다시 태우고…… 시간이 걸리잖아요?

여직원1 제가 말씀드릴 수 있는 것은 모니터에 나와 있는 정보뿐입니다.

남자2 이 비행기 정시 출발 아닙니다. 밖을 보세요! 비행기가 안 보이잖아요?

여직원1 게파르트 교수님, 제가 말씀드릴 수 있는 것은 컴퓨터…….

남자2 그놈의 컴퓨터가 틀렸어요! 비행기가 없다고요!

여직원1 게파르트 교수님! 저 마이애미 대학교 불문과 출신이에요. 학교 다닐 때 아침 여덟 시 교수님 연극개론 강의도 들었고요. 저 멍청하지 않아요. 비행기가 도착하지 않은 것도 알고 있고요. 공식적으로 컴퓨터에 나와 있는 정보 이외에 어떻게 말씀드릴 수 없다는 걸 이해해주시기 바랍니다……. 죄송합니다. 저도 너무 화가 나서 그만……. 사과드릴게요.

남자2 아니에요. 내가 오히려 화내서 미안해요. 여기 박 교수 약혼녀가 서울에서 콘서트를 하는데 우리가 꼭 가야 되거든요. 가서 연주 듣고 이틀 후에 다시 돌아오는 일정입니다.

여직원1 네, 그러시군요.

남자2 그래서 이 비행기 놓치면 갈 수가 없어요.

여직원1 너무 죄송합니다.

남자1 정말 델타항공 비행기로는 바꾸지 못하나요?

여직원1 방금 해봤는데 컴퓨터에서 허락을 하지 않네요.

남자1 그럼 델타항공 티켓을 새로 사면 안 될까요?

여직원1 이 비행기 타지 않고 다른 비행기로 시카고 공항에 도착하시면 보안요원들이 특별 조사를 하게 돼서 제시간에 연결 비행기 못 타십니다.

남자1 그럼 결국 이 비행기를 기다렸다가 타야 된다는 거네요.

여직원1 정말 죄송합니다.

남자1 아니에요. 직원분 잘못이 아닌 걸요.

여직원1 비행기가 곧 도착은 할 거예요. 그렇지 않으면 여기 연착이라고 나올 텐데…….

남자1 괜찮습니다.

여직원1 혹시 시카고에서 연결 비행기도 늦게 출발할지 모르니까 제가 한번 확인해 볼게요.

남자2 고마워요.

여직원1 제가 도와 드릴 수 있었으면 좋았을 텐데……. 죄송합니다.

남자2 괜찮아요. …… 내 강의 어땠나요?

여직원1 정말 좋았습니다. 너무 아침 일찍이라서 좀 힘이 들었지만요…….

남자2 일찍 일어나느라 힘들었겠군요.

여직원1 네……. (전화를 받으며) 네, 21번 게이트의 사라입니다. 3231편 도착 기다리고 있습니다. 네, 제프. 근데 지금 비행기 어디 있습니까?

(2장면 끝)

#3

(**남자1**과 **남자2**가 비행기 안에 나란히 앉아 있다. 비행기가 상당히 흔들린다.)

파일럿(음성) 승객 여러분께 안내 말씀 드립니다. 신시내티발 시카고행 본 비행기, 지금까지의 운행 중 오늘 가장 빠르게 비행했습니다. 비행 중 저기압으로 운항 상태가 고르지 못했던 점 양해해주시기 바랍니다. 지금 저희 비행기는 시카고 오헤어 공항으로 진입하고 있습니다. 다행히 앞에 대기하는 비행기가 없어서 바로 착륙을 하겠습니다. 현지 시각으로 오전 열 시 이십 분이면 게이트에 도착할 수 있겠습니다. 비행기 출발이 지연된 점 다시 한 번 사과드립니다. 승무원 여러분, 착륙 준비해주십시오.

(3장면 끝)

#4

(**남자1**과 **남자2**가 비행기 안에 나란히 앉아 있다. 비행기는 조용히 날고 있다.)

파일럿(음성) 승객 여러분께 다시 안내 말씀 드립니다. 이제 본 비행기 무사히 착륙했고 게이트 배정이 끝났습니다. 저희 게이트는 A17입니다. 연결 편으로 환승하시는 승객께서는 참고하시기 바랍니다. 비행기가 완전히 정지해서 게이트 문이 열릴 때까지 안전벨트를 계속해서 착용해주시고 통로는 비워주시기 바랍니다……. 지금 브리지 연결을 기다리고 있습니다. 잠시만 더 자리에서 기다려주십시오……. (혼잣말로) 아니 근데, 왜 브리지가 움직이지 않지? 정비공들은 전부 어디로 간 거야?

(4장면 끝)

#5

(시카고 공항의 항공사 카운터 앞. **남자1**과 **남자2**가 **여직원2**와 이야기하고 있다. **여직원2**는 컴퓨터를 들여다보고 있다.)

남자2 내가 신시내티 공항에서 여직원한테 누차 얘기했거든요, 늦는다고. 아, 글쎄 계속 정시 출발이라는 거예요. 결국 늦었잖아요!

여직원2 네. 이해합니다. (**여직원2**는 계속 컴퓨터를 들여다보고 있다.)

남자2 아니 도대체 시간이 이미 아홉 시를 지났는데 어떻게 아홉 시 비행기가 정시 출발을 할 수 있냐고요?

여직원2 잘 압니다. 저희도 승객분들께 그렇게밖에 얘기할 수 없을 때는 정말 바보같이 느껴집니다…….

남자2 그래서 결국 우리가 이 비행기를 놓친 겁니다. 거기다가 시카고 공항에 도착했더니 비행기를 게이트에 연결하는 브리지가 고장 나서 또 삼십 분 기다렸지요.

남자1 델타항공 비행기로 바꿀 수 있는지도 물어봤거든요.

남자2 맞아요.

여직원2 아마 컴퓨터에서 바꾸지 못하게 했을 걸요?

남자2 잘 아시네요, 도대체 그 컴퓨터 시스템은 어떻게 되어 있는 거예요?

여직원2 별로 스마트하지 못해요. 특히 그런 점에서는요.

남자2 그런 것 같아요. 여기 내 동료 약혼녀가 서울에서 콘서트를 하는데 우리가 꼭 가야 되거든요.

여직원2 네, 아까 말씀하셨지요.

남자2 그 콘서트 때문에 지금 서울까지 가는 겁니다. 콘서트가 내일이에요. 끝나면 하루 있다가 바로 돌아오는 일정이고요.

여직원2 정말 죄송합니다.

남자2 대한항공이나 유나이티드항공 비행기는 없나요?

여직원2 오늘 아시아로 떠나는 마지막 비행기가…… 동경행인데…… 십오 분 전에 이미 출발했네요. 연결 편으로 가실 수 있는 비행기들이 있기는 한데요…… 로스엔젤레스나 샌프란시스코, 아니면 솔트레이크 시티 경유해서요……. 근데 모두 하룻밤 주무시고 가셔야 합니다.

남자2 글쎄 그 여직원이 델타항공 비행기로 바꿀 수만 있었어도 어떻게든 연결해서 콘서트 시간에 댈 수 있었을 텐데…….

여직원2 콘서트가 몇 시지요?

남자2 방금 얘기했잖아요. 내일이라고요. 그래서 우리가 꼭…….

여직원2 저녁 시간인가요?

남자2 네.

남자1 저녁 일곱 시일 겁니다.

여직원2 (미간을 찡그리며) 흠. 공항에서 콘서트홀까지는 얼마나 되나요?

남자1 두 시간 내로는 갑니다.

남자2 아! 혹시요, 우리 태평양 건너서 가지 않고 반대편 대서양 방향으로 유럽을 거쳐서 가면…….

여직원2 이미 그 항로를 찾아보고 있는 중입니다. 혹시 부치실 짐이 있나요?

남자1 여기 있는 짐이 전부입니다. (짐 세 개를 가리킨다.)

여직원2 알겠습니다. 하지만 그거 핸드캐리하셔야 합니다. 부치실 시간이 없어요. 혹

Airline agent in Cincinnati airport.
신시내티 공항의 항공사 여직원.

"아! 혹시요, 우리 태평양 건너서 가지 않고
반대편 대서양 방향으로 유럽을 거쳐서 가면……"
"이미 그 항로를 찾아보고 있는 중입니다."

시 비행기에 가지고 타면 안 되는 물건이 짐 안에 있습니까?

남자2 없습니다.

남자1 없습니다.

여직원2 잠시만 기다려 보세요. (보딩 패스를 프린트한다.)

남자2 혹시 시간 내에 갈 수 있는 비행기를…….

여직원2 (보딩 패스를 보여주며) 두 분의 비행기입니다. 아메리칸 에어라인으로 파리까지 가시는 비행기입니다. 파리 도착은 오전 열한 시 삼십 분이고요, 지금 바로 출발합니다. 파리에서 여섯 시간 기다렸다가 에어 프랑스로 인천까지 가시게 됩니다. 인천 도착은 내일 오후 한 시 삼십 분입니다.

남자1 와!

여직원2 공항에서 목적지까지는 가실 줄 아시죠?

남자1 그럼요.

여직원2 연주회 잘 보십시오.

남자2 정말 고마워요.

남자1 와!

(5장면 끝)

#6

(프랑스 상리(Senlis)의 어느 카페. 자크 브렐(Jacques Brel)의 음악이 흐른다. **남자1**과 **남자2**가 앉아 있다. **웨이터**가 주문을 받는다.)

웨이터 (불어로) 신사분들 안녕하세요?
남자2 (불어로) 네. 커피 두 잔하고 크루아상 두 개 부탁합니다.
웨이터 (불어로) 네.

(**웨이터**가 사라진다.)

남자2 그냥 커피하고 크루아상 주문했어요. 하드 롤이나 버터 같은 음식은 불어로 뭐라 그러는지 몰라서…….
남자1 네. 좋아요.
남자2 정말 괜찮아요?
남자1 네. 그럼요.
남자2 불어를 조금 하긴 하는데, 음식 관련된 단어들을 전혀 몰라서 창피할 때가 많습니다. 몇 해 전에는 햄 치즈 샌드위치를 시킨다고 시켰는데 전혀 다른 걸 주문했지 뭐예요. 다행히 웨이터가 제가 미국인이라는 걸 알고 어림짐작으로 음식을 제대로 가져 왔어요.
남자1 여기서는 담배를 피워도 되나요?
남자2 그럼요. 어떤 식당에서는 열한 시부터 두 시까지 점심시간 동안은 흡연을 금하기도 하지요. 근데 여기는 뭐, 사람들이 다 피우네요.

남자1 이 마을 이름이 뭐라고요?

남자2 상리. 파리 공항에서 십오 분 떨어진 곳입니다.

남자1 참 예쁘네요.

남자2 네. 아름다운 마을입니다. 처음 이곳에 온 건 룩셈부르크로 운전해서 가다가 길을 잘못 들어서였어요. 중세적 분위기를 지닌 마을로 잘 알려진 곳입니다.

남자1 그렇게 보입니다.

남자2 이 마을의 대부분의 건물들이 중세에 지어졌는데, 나중에 지어진 건물들도 옛 건물들과 아주 잘 어울리게 만들었어요.

남자1 정말 아름답습니다.

(**웨이터**가 음식을 가지고 등장한다.)

웨이터 (불어로) 신사분들, 여기 나왔습니다.

남자2 (불어로) 고맙습니다. 우리 나갈 때 탄산수 두 병만 싸주세요.

웨이터 (불어로) 네. 알겠습니다.

(**웨이터**가 퇴장한다.)

남자2 운전하다가 먹으려고 탄산수 두 병 주문했어요.

남자1 네. 잘 하셨어요.

남자2 또 엉뚱한 거 주문한 거 아닌가 모르겠네. 불어가 엉터리라서……. 우리 비행

Cafe in France.
프랑스의 어느 카페.

"또 엉뚱한 거 주문한 거 아닌가 모르겠네. 불어가 엉터리라서……. 우리 비행기 시간까지 두 시간 반 남았으니까, 그 사이에 어디 관광이나 합시다. '모'라는 도시를 아나요?"

"아니요."

"브리 치즈의 본고장이에요."

"아! 그래서 '브리 드 모'라고 그러는구나!"

기 시간까지 두 시간 반 남았으니까 그 사이에 어디 관광이나 합시다. '모(Meaux)'라는 도시를 아나요?

남자1 아니요.

남자2 브리(Brie) 치즈의 본고장이에요.

남자1 아! 그래서 '브리 드 모(Brie de Meaux)'라고 그러는구나!

남자2 이 마을 좀 산책하고 그리로 갑시다. 여기서 멀지 않고, 공항으로 가는 길이니까요.

남자1 좋아요. 아, 우리 이거 무슨 영화 같아요!

남자2 가는 길에 오래된 성당이나 수도원이 있을 겁니다. 들러보지요.

남자1 네. 좋아요.

(**웨이터**가 계산서를 가지고 등장한다.)

웨이터 (불어로) 여기 있습니다.

남자2 (불어로) 메르시.

남자1 (불어로) 메르시.

웨이터 (불어로) 뭐 다른 거 더 필요하세요?

남자2 (불어로) 아니요. (**웨이터**에게 십오 유로를 건넨다.) 메르시.

웨이터 (불어로) 메르시. 신사분들.

(**웨이터** 퇴장한다.)

남자2 자, 이제 저쪽 방향으로 가봅시다. 가다가 뭐가 나오면 구경하고, 그러고 나서는 콘서트 보러 날아갑시다.

남자1 정말 아직도 꿈만 같아요.

남자2 (커피잔으로 건배를 하며) 살루트!

남자1 살루트!

남자2 좋은가요?

남자1 아주 좋은데요.

남자2 자, 갑시다.

(둘은 커피를 마저 마시고, 잔돈을 테이블 위에 놓고 사라진다.)

(6장면 끝)

(암전)

● 그 여자의 첫 번째 독백

나의 반주자가 어느 날 그를 소개시켜주었습니다. 같은 대학을 다녔고, 같은 시기에 뉴욕에 살았다는 공통점을 가지고 있었어요. 처음 만난 날 인생의 '라스트 신'이 있냐고 묻더군요. 자기의 라스트 신은 뉴욕에 레스토랑을 여는 거라면서…….

클래식 음악에 대해서 의외로 많이 알고 있어서 놀랐어요. 언젠가부터 그에게 나의 악기를 들어달라고 맡길 수 있었습니다. 그를 따라서 미국으로 가야 할까요?

처음 월터 교수와 함께 셋이서 만난 날은 잘 기억이 나지 않습니다. 월터 교수의 인상만은 뚜렷했지요. 머리가 하얗고 몸집이 커서 마치 다이어트 중인 산타클로스처럼 보였거든요. 하지만 두 번째로 셋이서 만난 날은 확실히 기억합니다.

…… 참 재미있었어요.

"처음 월터 교수와 함께
셋이서 만난 날은 잘 기억이 나지 않습니다.
월터 교수의 인상만은 뚜렷했지요.
머리가 하얗고 몸집이 커서
마치 다이어트 중인
산타클로스처럼 보였거든요.
하지만 두 번째로 셋이서 만난 날은
확실히 기억합니다.
…… 참 재미있었어요."

Papeneiland Cafe, Amsterdam, Netherlands.
네덜란드 암스테르담의 카페 '파페닐란트'.

AMSTEL

6장 아리랑

출연 **남자2**
남자1
남자1의 아버지
남자1의 어머니
남자1의 여동생
남자1의 조카
남자1의 질녀
그 여자
그 여자의 여동생
웨이터 1
웨이터 2
웨이트리스
가야금 연주자

(대한민국 서울의 한 호텔 식당 내부. 이 장면의 앞(무대 측면 앞)에 **가야금 연주자**가 조명을 받으며 '아리랑'을 연주하고 있다.)

(식사의 중간쯤 되는 시점. **남자1의 아버지**를 제외하고 모두 음식을 먹으며 대화를 나누고 있다. 대화의 내용이 정확하게 들리지는 않지만, 일상적인 내용의 가벼운 대화라는 것을 알 수 있다. **남자1의 여동생**은 **남자2** 곁에서 다양한 한국 음식에 대해서 설명해주고 있고, **남자2**는 즐겁게 맛보고 있다. **웨이터1**, **웨이터2**, 그리고 **웨이트리스**가 마치 춤 동작과 같은 우아하고 원숙한 패턴으로 음식을 서빙하고 있다.)

(하지만 이 장면의 진짜 중심은 **남자1의 아버지**다. 장면 내내 음식은 거의 먹지 않고 대부분의 시간을 테이블에 앉아서 식사를 하는 가족들과 가족들이 먹는 음식을 흐뭇하게 쳐다보고 있다. 그 표정은 행복과 감사로 가득 차 있다.)

(관객은 아리랑 음악이 흐르는 약 100초간 식사 장면을 지켜본다. 음악이 끝나면 장면이 끝난다.)

• 남자2의 다섯 번째 독백

저는 여름방학이 시작되면 항상 하는 일이 있습니다. 연극학과 학생들을 데리고 오하이오, 인디애나, 켄터키 주의 초등학교나 유치원, 고아원 등을 찾아다니며 어린이를 위한 연극 공연을 합니다. 제가 직접 작곡한 오페레타(operetta)를 학생들이 공연하고 저도 직접 벤조를 연주합니다. 벌써 20여 년이 넘었습니다. 그 역사는 사실 좀 오래되었습니다.

저의 박사 학위 지도교수였던 텍사스 주립대학의 웹스터 스몰리(Webster Smalley) 교수님은 미국에서 그리스 연극과 셰익스피어 연극의 대가로 널리 알려진 분이셨는데, 2차 세계대전 때 징병이 되면서 저격수의 보직을 맡는 바람에 전장에서 적군을 여섯 명 죽였다고 합니다. 전쟁이 끝나고 대학으로 돌아왔지만, 그분은 그 죄책감 때문에 모든 연구 활동을 중단하고 죽을 때까지 어린이를 위한 연극만 쓰다가 돌아가셨습니다.

저는 그분의 영향을 크게 받았고, 그래서 저도 어린이를 위한 공연을 시작하게 되었습니다. 공연 관람료가 무료이기 때문에, 공연비용을 확보하기 위해서 학교에 지원을 부탁하거나 기부자들을 찾아다니는 일이 저의 큰 숙제가 되었습니다.

어느 날 박 교수와 여름방학 계획을 애기하다가 우연히 이 이야기가 나왔는데,

이야기를 듣자마자 박교수가 부리나케 자신의 연구실로 가더군요. 그 다음 날 아침식사 때 박 교수는 계획서 한 장을 들고 나왔습니다. 그 내용은 제가 주관하는 어린이를 위한 연극 공연에 필요한 기금을 요청하는 것이었습니다.

우리가 박 교수 약혼녀의 연주회를 보기 위해 프랑스를 거쳐서 어렵게 서울에 도착해 연주를 보고 난 다음 날, 박 교수와 저는 에버랜드의 대표를 만나 계획서를 전달했고, 그 해 여름, 우리는 에버랜드에서 한국의 어린이들을 위한 연극 공연을 할 수 있었습니다.

7장 옥스포드 법원 결혼식

출연 **남자1**(박상규)
그 여자(박유진)
남자2(월터 게파르트 교수, 베스트 맨)
판사
변호사(커밍스 여사)
젊은이1(죄수복)
젊은이2(죄수복)
집행관

(법원 내부. 오렌지색 죄수복을 입은 **젊은이** 둘이 긴 의자에 앉아 있다. 그 옆에는 그들의 **변호사** (커밍스 여사)가 앉아 있다. **집행관**이 **남자1**, **그 여자**, **남자2**와 함께 입장한다.)

집행관 이쪽으로 오시지요. 판사님이 방금 나가셨는데 곧 들어오실 겁니다.

남자2 고맙습니다.

판사 (입장하며) 미안합니다. 조금 늦었습니다. 박 교수님?

남자1 네. 맞습니다.

판사 만나서 반갑습니다. (악수를 한다.)

남자1 나와주셔서 감사합니다.

판사 그리고 이쪽 분이…… 미스 박이시군요? (악수를 한다.)

그 여자 네.

판사 한국 성에는 박씨가 많지요?

그 여자 네.

판사 만나서 반갑습니다.

그 여자 만나서 반갑습니다. 감사합니다.

판사 오늘 결혼식의 주례를 맡게 돼서 얼마나 기쁜지 모릅니다. 이런 일은 자주 하고 싶은데 생각보다 그렇게 많지 않거든요.

남자2 오늘 시간을 내주셔서 정말 감사합니다.

판사 천만에요. 제가 더 기쁩니다. 커밍스 여사님, 결혼식을 먼저 하고 재판은 그 다음에 해도 괜찮을까요?

커밍스 여사 그럼요, 재판장님.

(**판사**가 두 **젊은이**에게 물어보듯 쳐다본다.)

젊은이1 그럼요.

젊은이2 그럼요.

판사 고맙군요. 근데 당신은?

남자2 아, 네. 증인이자 신랑의 베스트 맨입니다.

판사 그렇군요. 잘 오셨습니다. (악수를 한다.)

남자2 만나서 반갑습니다.

판사 저도 여러분 모두를 만나서 반갑습니다.

그 여자 감사합니다.

남자1 감사합니다.

판사 랜디 로저스라고 합니다. 오늘 결혼식을 주례할 담당 판사입니다. 이름이…… 위…… 진?

그 여자 네.

판사 위…… 진 맞나요?

그 여자 서의요. 유진.

판사 (**그 여자**의 발음을 반복하며) 유…… 진.

그 여자 완벽합니다.

판사 (기뻐하며) 좋습니다. 이제 결혼식을 시작하겠습니다. 유진과 박 교수…….

남자1 그냥 상규라고 부르십시오.

판사 상규?

남자1 네. 발음 잘 하시네요.

판사 마치 프랑스 사람이 영어의 '생큐(Thank you)' 발음하듯 하는 '상규'?

남자1 바로 그렇습니다.

판사 (또 기뻐하며) 좋습니다. 자 이야기한 대로 지금부터 유진과 상규의 결혼식을 오하이오 주의 법에 따라 주례하도록 하겠습니다. 증인이 한 명 더 필요한데……. (**커밍스 여사**를 쳐다본다.)

커밍스 여사 아, 네, 재판장님. 제가 증인 해드리지요.

판사 네. 두 분은 괜찮으시겠습니까?

그 여자 그럼요.

남자1 네. 좋습니다. 감사합니다.

그 여자 감사합니다.

커밍스 여사 제가 오히려 영광입니다. 도리스 커밍스라고 합니다.

남자1 박상규입니다.

그 여자 박유진입니다.

남자2 도리스, 안녕하세요. 저는 월터입니다.

커밍스 여사 저는 저 젊은이들의 변호사입니다. (**젊은이들**이 공손하게 고개를 끄덕인다.)

판사 자, 그럼…….

커밍스 여사 유진이라고 했나요?

그 여자 네.

커밍스 여사 참 예쁘시네요.

그 여자 네? 아, 감사합니다.

판사 자, 그럼 시작할까요?

그 여자 네.

판사 오늘 유진과 상규는 이 자리에 결혼을 서약하기 위해 서 있습니다. 결혼의 본질은 상대방을 친구이자 동반자, 그리고 사랑하는 사람으로서 전적으로 받아들이는 것입니다. 이 결정이 가벼워서는 안 되고 진정으로 상대를 위하는 마음과 존경, 충정이 함께 해야 합니다. 유진과 상규는 오늘 결혼을 함으로써 인생의 동반자로서의 첫 걸음을 내딛게 되었습니다. 그리고 이 부부의 사랑을 축하하고, 아름답고 행복한 결혼 생활을 기원하는 것이 오늘 우리가 여기에 모인 이유입니다. 유진과 상규는 오늘 이 자리에서 서로 잡은 손을 영원히 놓지 않는 거룩한 마음으로 사랑을 맹세하고 서약하고자 합니다. 제 말이 맞습니까?

남자1 네. 맞습니다.

그 여자 네. 맞습니다.

판사 감사합니다. 자, 저를 따라하십시오. 상규부터……. (**남자1**이 고개를 끄덕인다.) 나, 상규는 그대 유진을 법적 아내로 맞이합니다.

남자1 나, 상규는 그대 유진을 법적 아내로 맞이합니다.

판사 나는 오늘부터 그대의 성실한 남편이 될 것을 선언합니나.

남자1 나는 오늘부터 그대의 성실한 남편이 될 것을 선언합니다.

판사 기쁘거나 슬프거나, 부자일 때나 가난할 때나,

남자1 기쁘거나 슬프거나, 부자일 때나 가난할 때나,

판사 건강할 때나 아플 때나 아끼고 사랑하며,

남자1 건강할 때나 아플 때나 아끼고 사랑하며,

판사 우리의 수명이 다하는 날까지 함께할 것입니다.

남자1 우리의 수명이 다하는 날까지 함께할 것입니다.

판사 반지 가져 오셨나요?

남자2 여기 있습니다. (반지를 **남자1**에게 건넨다.)

판사 상규, 따라하십시오. 이 반지로 나는 그대와 결혼을 서약합니다.

남자1 이 반지로 나는 그대와 결혼을 서약합니다.

판사 그대를 사랑하고 존경하며 아낄 것입니다.

남자1 그대를 사랑하고 존경하며 아낄 것입니다.

판사 내 인생이 다하는 날까지.

남자1 내 인생이 다하는 날까지.

남자2 여기. (유진의 반지를 **커밍스 여사**에게 준다.)

커밍스 여사 (감동하여) 오!

판사 자, 유진 차례입니다.

커밍스 여사 여기 있어요. (유진에게 반지를 건넨다.)

판사 이 반지로 나는 그대와 결혼을 서약합니다.

그 여자 이 반지로 나는 그대와 결혼을 서약합니다.

판사 그대를 사랑하고 존경하며 아낄 것입니다.

그 여자 그대를 사랑하고 존경하며 아낄 것입니다.

판사 내 인생이 다하는 날까지.

그 여자 내 인생이 다하는 날까지.

판사 나, 유진은 그대 상규를 법적 남편으로 맞이합니다.

그 여자 나, 유진은 그대 상규를 법적 남편으로 맞이합니다.

판사 나는 오늘부터 그대의 성실한 아내가 될 것을 선언합니다.

그 여자 나는 오늘부터 그대의 성실한 아내가 될 것을 선언합니다.

판사 기쁘거나 슬프거나, 부자일 때나 가난할 때나,

그 여자 기쁘거나 슬프거나, 부자일 때나 가난할 때나,

판사 건강할 때나 아플 때나 아끼고 사랑하며,

그 여자 건강할 때나 아플 때나 아끼고 사랑하며,

판사 우리의 수명이 다하는 날까지 함께할 것입니다.

그 여자 우리의 수명이 다하는 날까지 함께할 것입니다.

판사 이 자리에 계신 하객들 중에서 이 둘의 결혼에 의의가 있으신 분은 지금 말씀하시든지, 아니면 영원한 침묵으로 평화로운 축복을 해주십시오. 이제 오하이오 주가 나에게 부여한 권한에 따라 유진과 상규가 부부가 되었음을 선언합니다.

신랑은 신부에게 키스해도 좋습니다.

(**남자1**과 **그 여자**가 키스한다.)

커밍스 여사 정말 아름답습니다. 축하합니다!

남자1 감사합니다.

커밍스 여사 너무 감동스러워서 뭉클합니다. (눈에 눈물이 고인다.)

그 여자 고마워요, 도리스.

(**그 여자**와 **커밍스 여사**가 포옹을 한다.)

남자2 축하합니다. (**남자1**과 **그 여자**를 번갈아 포옹한다.)

판사 두 분 축하합니다. (둘과 악수한다.)

남자1 고맙습니다. 그리고 주례해주셔서 감사합니다.

판사 저야말로 영광이었습니다, 박 교수님.

그 여자 정말 감사합니다.

판사 오히려 제가 더 기뻤습니다. 두 분의 앞날에 축복이 가득하길 기원합니다.

남자2 감사합니다, 판사님.

남자1 안녕히 계세요.

그 여자 안녕히 계세요.

커밍스 여사 안녕히 가세요. 하나님의 축복이 있기를 기원합니다.

남자2 안녕히 계세요.

판사 안녕히 가세요. 축하합니다.

젊은이1 축하합니다.

젊은이2 축하합니다.

그 여자 아, 네. 감사합니다. (웃는다.)

남자1 (웃으며) 고맙습니다.

(**남자1**, **그 여자**, **남자2** 퇴장한다.)

판사 오늘은 참 좋은 날입니다.

커밍스 여사 너무 아름다운 장면이었습니다.

판사 자, 봅시다. 커밍스 여사님, 이 젊은이 둘에게 각각 집행유예 삼십 일을 선고하겠습니다. 하지만 젊은이들, 다시는 이런 일로 법정에 오지 않을 것을 약속해야 합니다.

젊은이1 잘 알겠습니다. 감사합니다.

커밍스 여사 감사합니다, 재판장님.

젊은이2 감사합니다. 재판장님.

판사 자, 집행관?

집행관 네, 재판장님. (두 **젊은이들**의 수갑을 풀어준다. **커밍스 여사**는 두 **젊은이들**에게 **집행관**을 따라가라는 신호로 고개를 끄덕인다.)

판사 커밍스 여사님, 이제 재판이 끝났으니 제 방에서 차 한 잔 하시지요.

커밍스 여사 좋지요.

(암전)

"이제 오하이오 주가
나에게 부여한 권한에 따라
유진과 상규가 부부가 되었음을 선언합니다.
신랑은 신부에게 키스해도 좋습니다."

Oxford Court House.
옥스포드 법원.

D COURTHOUSE
18 WEST HIGH STREET
WARNING

● 남자1의 여섯 번째 독백

저에게는 결혼기념일이 두 번 있습니다. 사정상 결혼식을 미국에서도 하고 한국에서도 해야 했기 때문입니다. 옥스퍼드 법원에서의 결혼식이 첫 번째였습니다. 사전에 서류를 접수하고 법원으로부터 날짜를 지정받았습니다. 결혼식 증인이 필요하다고 해서 당일 월터 교수를 대동하고 법원으로 갔습니다. 검색대를 통과해 법정으로 들어서자 번호표를 가슴에 부착한 오렌지색 죄수복 차림의 범죄자들이 가득했습니다. 작은 마을이어서 모든 케이스를 한데 몰아서 처리하는 상황이었지요. 차례대로 범법자들에게 선고를 내리던 판사는 우리 차례가 되자 결혼임을 인지하고 휴정을 제안했습니다. 그리고는 판사실로 들어가더니 법의를 걸치고 다시 나오더군요. 판사가 한 명의 증인이 더 필요하다고 하자 법원 서기를 보던 여직원이 흔쾌히 자원했습니다. 십오 분 정도에 모든 결혼식 절차가 끝이 났습니다. 결혼식 후 우리 부부는 월터 교수와 함께 동네 중국집 '차이나 원(China One)'에서 일 인당 오 달러 정도 하는 런치 스페셜을 먹었습니다. 우리들만의 피로연이었지요.

몇 개월이 지난 후 한국에서 한 번 더 결혼식을 했습니다. 한국의 전형적인 현대판 결혼식이었습니다. 끊임없이 어색한 포즈를 요구하는 오랜 사진 촬영, 번쩍거리는 샹

들리에와 화려한 꽃장식으로 치장한 대형 예식장, 한 번도 만난 적이 없는 사람들이 대부분인 수백 명의 하객들, 아무도 경청하지 않는 주례사 등등……. 혼주, 하객들, 예식장 직원들 모두 꽉 짜인 형식과 프로그램에 따라 움직이는 동안 하루 저녁이 흘러갔습니다.

얼마 전 결혼 십 주년을 보냈습니다. 결혼기념일이면 우리 부부는 센트럴 파크로 피크닉을 가곤 합니다. 매년 느끼는 거지만, 지난 십 년 동안 한국의 결혼식은 단 한 번도 생각이 난 적이 없습니다. 반면 사진 한 장 없는 미국에서의 결혼식은 두고두고 생각이 납니다. 법원의 풍경, 사람들의 웃는 표정, 그리고 그날의 따스했던 햇볕까지도……. 얼마 전 월터 교수가 이야기합디다. 본인이 평생 참석했던 결혼식 중에서 하객 전원이 그렇게 신랑 신부를 축하해주는 결혼식은 본 적이 없다고요. 심지어 오렌지색 죄수복을 입고 있던 범죄자들조차도 환하게 웃는 얼굴로, 진심으로 축하를 해준 행복한 결혼식이었다고.

8장 뉴욕 아이디어

출연 **남자2**
남자1(팬터마임)
그 여자(팬터마임)
피아니스트(팬터마임)
학생들(팬터마임)
부동산 중개인(팬터마임)
건설 노동자들(팬터마임)
위생 검열관(팬터마임)
요리사들(팬터마임)
배달원들(팬터마임)
직원들(팬터마임)
고객들(팬터마임)
텔레비전 소리

('12일간의 크리스마스(The Twelve Days of Christmas)'라는 캐럴 음악이 배경으로 흐른다.)

(이 장은 여러 장면들의 팬터마임으로 구성된다: **남자1**과 **그 여자**가 여러 사람들과 작별 인사를 나누고 오하이오를 떠나는 장면, 운전하는 장면, 둘이 뉴욕의 미술관을 방문하는 장면, **그 여자**가 비올라를 연주하는 장면, **남자1**이 대학에서 강의하는 장면, **남자1**과 **그 여자**가 심심해서 무료해하는 장면, **남자1**과 **그 여자**가 레스토랑을 오픈할 계획을 세우는 장면, **부동산 중개인**이 레스토랑 공간을 찾아주는 장면, **건설 노동자들**이 공사하는 장면, **직원들**이 오픈 준비를 하는 장면, **위생 검열관**이 위생 검사를 하는 장면,

개업식 날 리본을 커팅하는 장면, **고객들**이 식사를 하는 장면, **배달원들**이 배달을 하는 장면, **남자1**과 **그 여자**가 새벽에 침대에서 일어나는 장면, 일하러 나가는 장면, 침대로 들어가 잠을 청하는 장면, 아침에 일어나는 장면 등…….)

(팬터마임이 무대 뒤에서 진행되는 동안 무대 앞부분에서 **남자2**의 독백이 이어진다.)

그들은 뉴욕으로 떠났습니다. 상규는 뉴욕의 명문 디자인대학에 교수로 초빙되었습니다……. 그들이 많이 그립습니다. 하지만 이미 예상했던 일이기도 합니다. 유진의 가족이 거기에 살고 있고, 둘 모두 예전에 뉴욕에서 공부를 했고, 그리고 무엇보다 상규의 마음에는 언제나 뉴욕이 있었으니까요. 둘은 늘 뉴욕에 자신들의 레스토랑을 갖고 싶어 했습니다. 그러던 어느 날 차를 타고 훌쩍 오하이오를 떠나 뉴욕으로 향한 것입니다. 후에 들은 얘기지만, 그들은 뉴욕으로 향하던 길에 펜실베이니아의 브래드포드(Bradford) 마을에 들러 지포(Zippo) 라이터 공장을 구경하고, 허시(Hurshey)에 들러 허시 초콜릿 박물관도 구경했다고 합니다. 상규답지요?

유진은 뉴욕에서 연주 활동을 하고, 상규는 대학에서 가르쳤습니다. 그로부터 한두 해가 지난 후, 그들은 자신들의 레스토랑을 열기 위한 기나긴, 그야말로 기나긴 여정을 시작했습니다. 장소를 물색하고, 임대를 하고, 디자인을 하고, 허가를 받고, 공사를 마치고, 또 허가를 받고, 위생 검열을 받고, 보험에 가입하고, 납품업자를 정하고, 종업원을 고용하고 하는 등등의 일들 말입니다. 세상에서 가장 위험한 일 중의 하나인 '뉴욕에 레스토랑을 오픈하는 일'을 그들은 결국 해냈습니다. 물론 저도 여러 번 들렀지요. 디자이너 상규가 만든 근사한 공간, 멋쟁이 손님들, 한 편의 공연을 보는 듯한 서비스…….

레스토랑 여기저기에 우리가 함께 돌아다니며 구입했던 앤티크들이 장식되어 있었습니다. 상규가 천 번이 넘는 우리의 아침식사에서 늘 이야기하던 그대로 만들어져 있었습니다. 그리고 음식들이 너무 맛있었습니다. 그들은 뉴욕에서 최고가 되기를 원했으니까요. 정말, 정말 맛있었습니다. 제이비(J.B.)와 로빈(Robin)은, 레스토랑에서 손님들은 그들을 그렇게 불렀는데요, 하루도 빠지지 않고 레스토랑으로 출근을 하고, 하루에 열두 시간 이상씩 일을 했습니다. 어떻게 그렇게 할 수 있는지 저로서는 도저히 상상이 가지 않습니다.

(**남자1**과 **그 여자**가 텔레비전 앞에서 잠이 드는 동작으로 팬터마임이 끝난다. 텔레비전 소리가 들린다.)

텔레비전 소리 지금부터 저희 음식 채널에서는…….

(암전)

FRAME, New York.
뉴욕의 레스토랑 '프레임'.

"'뉴욕에 레스토랑을 오픈하는 일'을 그들은 결국 해냈습니다.
물론 저도 여러 번 들렀지요.
디자이너 상규가 만든 근사한 공간, 멋쟁이 손님들,
한 편의 공연을 보는 듯한 서비스…….
레스토랑 여기저기에 우리가 함께 돌아다니며 구입했던
앤티크들이 장식되어 있었습니다."

● 남자1의 일곱 번째 독백

예전에 서울에서 어떤 외식산업 프로젝트에 참가했을 때의 일입니다. 회의 도중 고문을 담당하고 있던 일본인 이토 야스오 선생이 문득 질문을 했습니다. "우리 모두 각자 자기 인생의 라스트 신을 한번 이야기 해보십시다." 다소 의아해하는 우리들에게 그는 곧바로 부연 설명을 했습니다. "많은 영화감독들은 라스트 신을 생각하면서 영화를 만듭니다. 우리 서로의 라스트 신이 같지 않다면, 우리는 이 프로젝트를 끝까지 함께 할 수 없을 것입니다." 저는 주저하지 않고 가장 먼저 대답했습니다. "안개가 자욱한 뉴욕의 새벽녘, 제 레스토랑의 문을 열쇠로 열고 들어가는 것입니다."

인생의 라스트 신. 그것은 참 중요한 것입니다. 아내와 처음으로 만난 날, 저는 제가 꿈꾸는 라스트 신을 이야기했고, 아내는 그 말을 신기해했습니다. 그로부터 몇 년 후, 저는 그 라스트 신을 완성했습니다. 뉴욕에 제 레스토랑을 연 것입니다. 저는 지난 몇 년간 하루도 빠지지 않고 제 레스토랑의 문을 직접 열었습니다. 십여 년 동안 하루에도 몇 번씩 그려보던 저의 라스트 신이었습니다. 그런데 그 라스트 신이 인생의 끝이 아니라 또 다른 시작이라는 것을 깨닫기까지는 그리 오랜 시간이 걸리지 않았습니다. 레스토랑의 문을 여는 장면은 낭만이었지만, 레스토랑을 운영하면서 매일 벌어지

Last Scene.
라스트 신.

"우리 모두 각자 자기 인생의 라스트 신을 한번 이야기 해보십시다."
"안개가 자욱한 뉴욕의 새벽녘,
제 레스토랑의 문을 열쇠로 열고 들어가는 것입니다."

는 전쟁은 현실이었거든요. 저의 라스트 신은 새로운 막의 시작일 뿐이었던 것입니다. 인생에서는 라스트 신이 끝이 아니라 시작인 경우가 더 많은 것 같습니다. 영화의 라스트 신이 낭만이라면 현실의 라스트 신은 실제니까요. 그리고 인생은 언제나 과정이니까요. 라스트 신에서 다시 새로운 시작을 하게 되니 또 다른 라스트 신을 가져야 할 것 같습니다. 만약 그것이 없다면 꿈도 희망도 인생도 없는 것일 테니까요.

9장 저녁식사

출연 **그 여자**
남자1
남자2
소믈리에
웨이터
웨이터 보조
옷을 잘 입은 여성(배경의 손님)
옷을 잘 입은 남성(배경의 손님)
옷을 아주 잘 입은 중년 여성(배경의 손님)
옷을 아주 잘 입은 중년 여성의 딸(배경의 손님)

(상규와 유진이 뉴욕으로 떠난 지 칠 년 후. 이탈리아의 아스티(Asti)에 위치한 고급 레스토랑. 이 장이 진행되는 동안 배경에 세팅되어 있는 두 테이블에서는 손님들이 음식을 먹고, 웨이터들은 음식을 서브한다. 손님과 웨이터를 연기하는 배우들은 연출의 결정에 따라서 극의 흐름과 적합한 애드리브를 할 수 있다. 하지만 배우들에게 정해진 대사는 없으며 레스토랑의 풍경을 완성하는 역할의 비중이 더 크다. 무대의 오른쪽 끝에 **옷을 잘 입은 여성**과 **옷을 잘 입은 남성**이 테이블에 앉아 있다. 무대의 왼쪽 끝에는 **옷을 아주 잘 입은 중년 여성**과 **옷을 아주 잘 입은 중년 여성의 딸**이 테이블에 앉아 있다. 장면의 초점은 무대 중앙에 **그 여자**와 **남자1**, **남자2**가 앉아 있는 테이블이다.)

(**그 여자**, **남자1**, **남자2**가 저녁식사를 하고 있다. 빵 서비스가 끝나고 애피타이저가

나오기 전 상황. **웨이터 보조**가 두 번째 빵 바스켓을 가져온다.)

(**소믈리에**가 입장, 와인 병에서 코르크를 빼서 **그 여자**에게 건넨다.)

소믈리에 마담. (**그 여자**가 코르크를 만져보고 냄새를 맡는다.)
그 여자 (**소믈리에**를 쳐다보며 고개를 끄덕인다.) 네.
소믈리에 마담. (**소믈리에**가 **그 여자**의 잔에 와인을 이 센티미터 정도의 높이로 따른다. **그 여자**는 향을 맡고, 와인 잔을 돌린 후 맛을 본다.)
그 여자 (**소믈리에**에게) 좋네요.
소믈리에 마담.

(**소믈리에**는 **그 여자**의 잔을 채운 후, **남자1**과 **남자2**의 잔에도 와인을 따른다 .)

그 여자 (**남자2**에게) 제 브레드스틱(breadstick)도 드실래요? 저한테는 너무 짜네요.
남자2 (브레드스틱을 건네받는다.) 예이!
그 여자 올리브 오일 더 필요하세요?
남자2 아니에요. 충분해요. (**소믈리에**에게) 고마워요.

(**소믈리에**가 퇴장한다.)

남자2 내가 유진 씨를 처음 만난 곳이 어디에요?
그 여자 신라호텔 아니었어요?

남자1 그랬었나?

그 여자 아니에요. 신라호텔에서 보기 전에 다른 데서 한 번 만났었는데…….

남자2 어디서였지요?

남자1 아, 힐튼호텔이요.

그 여자 그래요?

남자1 힐튼 맞아요. 우리 저녁 같이 먹었잖아요?

남자2 아!

그 여자 아니에요. 브런치에요.

남자2 아, 그런 것 같네요.

남자1 브런치? 맞아요. 맞아요.

그 여자 네. 우리 처음 만난 날 '선데이 브런치' 같이 했어요. 참 좋았어요.

(**웨이터**와 **웨이터 보조**가 등장한다.)

웨이터 애피타이저 서브해 드리겠습니다. 마담께서 주문하신 해물 모듬(Fruits de Mer)이고요, 신사분의 비프 타타르(Beef Tartare), 그리고 이쪽 신사분의 야생 버섯 요리입니다.

(**웨이터 보조**가 와인 잔을 리필해준다.)

남자1 땡큐.

그 여자 땡큐.

© 박현신

Dinner at Maffei's, Taormina, Sicily, Italy.
이탈리아 시실리 섬 타오르미나의 레스토랑 '마페이'.

"혹시 케첩 필요하세요?"
"있으면 좋지요.
근데 이런 식당에서 케첩 달라고 하기가 좀 그래서……."

남자2 땡큐.

남자1 와, 그 버섯 요리 좋아 보이네요.

웨이터 저기 보이는 산에서 채집해 온 버섯입니다.

그 여자 그래요?

웨이터 (약간 머뭇거리며) 아니면 이 앞쪽에 보이는 산에서요. 오늘 아침에 들어온 것은 확실합니다.

남자2 와우!

남자1 스파클링 워터 한 병 더 주세요.

웨이터 네. 알겠습니다.

S

(**웨이터** 퇴장한다.)

그 여자 월터 교수님, 혹시 케첩 필요하세요?

남자2 있으면 좋지요. 근데 이런 식당에서 케첩 달라고 하기가 좀 그래서…….

그 여자 저쪽 테이블 사람들도 먹고 있는데요, 뭐.

남자2 그러네요. 프렌치프라이 먹고 있네요.

그 여자 웨이터가 오면 물어볼게요

(**웨이터**가 스파클링 워터를 가지고 등장한다. **남자1**의 글라스에 따라 준다.)

웨이터 여기 있습니다.

남자1 고마워요. 그리고 케첩 좀 갖다 주세요.

웨이터 네. 알겠습니다.

(암전)

ⓒ 박현신

Last Word.
남자1의 마지막 독백.

"레스토랑을 하나만 더 열려고 합니다.
제가 진정으로 원하는 것이 무엇인지를 알기 위해서.
그리고 우리가 함께 했던 아침식사들의 기억을
더 소중하게 간직하기 위해서……."

● 남자1의 마지막 독백

저는 시골길을 운전하는 걸 참 좋아합니다. 어느 나라든 상관없습니다. 기념비적 건축물들로 가득 찬 도시 못지않게, 아니, 그보다 훨씬 더 시골을 좋아합니다. 제 주변 사람들은 이런 절 의아해하기도 합니다. 고급스럽고 세련된 디자인과 오페라 공연, 미슐랭 레스토랑들이 제 취향이라고 여기기 때문이지요. 하지만 스페인의 특급 레스토랑에서의 음식과 서비스를 기억하는 것만큼이나 프랑스 시골의 아름다운 풍광이나 매력적인 카페들, 영국 바닷가의 기분 좋은 바람의 느낌들도 오래 기억하고 있습니다. 예전에는 나쁜 경험들, 특히 나쁜 음식들에 대한 좋지 않은 경험들도 다 기억하곤 했습니다. 하지만 이젠 더 이상 그렇게 하지 않습니다. 그런 경우에는 "언제 먹었냐는 듯 다음 날 잊어버리는 것이 진정한 이끼(いき)의 세계다"라고 저의 일본인 멘토가 가르쳐준 이후부터입니다. 허름하고 소박한 곳의 음식이나 서비스는 너무 세련되지 않아야 오히려 어울리는 것 같습니다. 하지만 그런 곳에서도 이따금 아주 작은 디테일에 신경을 쓴 흔적들을 발견할 수 있는데, 그럴 때면 더 큰 기쁨을 느끼게 됩니다. 음식이나 실내 장식, 또는 고객들에 대한 서비스라는 측면에서 말입니다. 일본의 오래된 음식점에서 자주 경험하는 '기쿠바리(氣配り)'의 개념입니다. 우리가 아침을 먹던 '필립스 27'이나

© 이한구

Tongui-dong, Seoul, Korea.
2014년 7월 대한민국 서울에서.

'밥 에번스'는 저에게 늘 그런 기쁨을 주었습니다. 어느 해 크리스마스에 스페인의 지로나 마을의 레스토랑에서 네 세대의 가족들이 둘러앉아서 식사를 하는 것을 본 적이 있습니다. 감동 그 자체였습니다. 저는 레스토랑을 참 좋아합니다. 식사를 하는 고객들을 보는 것이 즐겁고, 열심히 일하는 직원들을 보는 것이 즐겁습니다. 그 앙상블은 마치 아주 잘 연주되고 있는 현악 사중주 같거든요.

(잠시 침묵)

레스토랑을 하나만 더 열려고 합니다. 제가 진정으로 원하는 것이 무엇인지를 알기 위해서. 그리고 우리가 함께 했던 아침식사들의 기억을 더 소중하게 간직하기 위해서…….

(암전)

Last Word.
그여자의 마지막 독백.

"네. 역시 최고는 현악 사중주예요."
"언젠가……."

● 그 여자의 마지막 독백

네. 지금도 같이 연주하고 싶은 연주자들을 찾고 있는 중입니다. 서로 음악적 호흡이 맞아야 할 뿐만 아니라, 마음까지도 아주 잘 맞아야 합니다. 무엇보다도 교감이 중요하고, 그래야 훌륭한 수준의 연주가 이루어지는 것이니까요.

독주를 할 수도 있겠지요. 하지만 개인적으로 실내악을 훨씬 선호하는 편입니다. 현악 사중주나 오중주도 좋고, 피아노 트리오나 피아노 사중주도 좋습니다. 하지만 역시 실내악의 꽃은 현악 사중주입니다. 제대로 되기만 하면 가장 완벽하고 짜임새 있는, 전율이 느껴지는 감동적인 음악이 만들어지거든요.

(잠시 침묵)

네. 역시 최고는 현악 사중주예요.

(암전)

© 박현신

Last Word.
남자2의 마지막 독백.

"우리는 이제까지 천 번이 넘는 아침식사를 함께 했습니다.
야 파르하티(Ya farhati)!"

● 남자2의 마지막 독백

아주 큰 개였습니다. 라브라두들 종이었지요. 개의 주인은 매일 새벽 개를 데리고 산책을 나와 그들의 레스토랑을 들르곤 했습니다. 그러면 그들은 하던 일을 멈추고 밖으로 나가서 개를 맞이하곤 했지요. 그 개는 유진을 정말 잘 따랐습니다. 꼬박꼬박 맛있는 음식을 주었거든요. 저도 두어 번 본 적이 있습니다. 정말 커다란 개였어요. 잘 생겼고……. 가끔 그런 생각을 했습니다. 뉴욕 시내 한복판에서 레스토랑을 하는 것도, 매일 아침 저렇게 멋진 개의 방문을 받는 것도 참 행복한 일이라고요.

(잠시 침묵)

우리는 이제까지 천 번이 넘는 아침식사를 함께 했습니다. 야 파르하티(Ya farhati)!

(암전)

(막)

끝

ONE
THOUSAND
BREAKFASTS

For the memory of our breakfasts and travels

우리의 아침식사와 여행의 추억을 위해서

ONE THOUSAND BREAKFASTS
천 번의 아침식사

First edition, September, 2014.

Publshing by Para books

ISBN 978-89-93212-62-4(03810)

Printed in Korea

ONE
THOUSAND
BREAKFASTS

Howard Blanning, Jinbae Park

PARA BOOKS

CONTENTS

about Dr. Howard Blanning

Dr. Howard Blanning earned his M.F.A. from the University of Iowa Playwrights Workshop and his Ph.D. from the University of Texas. Having taught at Miami University since 1984, he teaches coursework in European and world drama, which correlates with his main study focus on structural dramaturgy, or the structure of play scripts. This focus - particularly his interest in the works of Shakespeare, the Greeks and new plays - merits Dr. Blanning with regular invitations to give workshops on playwriting and structural dramaturgy at renowned academic institutions throughout the world. A native of Indiana, he spent part of his youth in Egypt and has traveled widely – teaching through exchange programs in the Czech Republic, Luxembourg, China, South Korea, Taiwan, and Thailand.

Dr. Blanning has twice served as a Fulbright Professor in the Czech Republic, where every summer he also conducts a workshop in conjunction with the Teacher Education. Dr. Blanning also leads the Thrall's Children's Theatre program at Miami. Every year he helps to create, develop, and tour an operetta for children. Cast with Miami students, these tours primarily visit schools in economically challenged areas in Ohio, but also frequently tour abroad to the Czech Republic, Korea, Taiwan, & Russia. The Miami University Alumni Association(MUAA) has selected Howard Blanning, as its recipient of the 2012 Effective Educator Award, which recognizes one Miami University faculty member whose impact extends far beyond the traditional parameters of education. Soft-spoken and slightly disheveled, he walks around the room in his trademark tennis shoes while he reveals little-known nuances in Shakespeare's 『Romeo and Juliet』.

about Dr. Jinbae Park

Throughout his remarkable career, Jinbae Park has succeeded in various vocations including interior designer, educator, author, and restaurateur. His endeavors have carried him to many countries, including China, Korea, Japan, Greece, Egypt, Jordan, and India, as well as to most major cites in Asia, Europe and North America. Currently residing in New York City, Park teaches aspiring designers as a professor of Interior Design at Fashion Institute of Technology. In addition to his teaching career, Park has continued his occupation as an independent interior designer. Park has produced numerous sophisticated projects, most notably 'Le Club de Vin', 'Min's Club', 'Verrazzano', and 'FRAME gourmet eatery'.

In addition to his design work, Park has authored multiple books on design. 『Design and Film』, 『Design and Signature of the Seventh Star』, 『Design Power Play』, 『New York Idea』 are among his most revealing published works. He has been a frequent contributor to the principal design periodicals and magazines including 「Design」, 「Interiors」, 「Maison」, 「Neighbor」, 「Chosun Ilbo」, 「Munhwa Daily Newspaper」 etc. He also exhibited many of his art works through solo and group exhibitions. His desire to study and travel fueled a passion for cultural culinary arts, which evolved into yet another area of expertise. He is a graduate of the Seagram School as well as the Tokyo Sushi Academy. Dr. Park's academic accomplishments include a bachelors degree in Economics from Yonsei University, Seoul, Korea, masters degrees in Interior Design from Yonsei University and Pratt Institute, Brooklyn, New York, a doctoral degree in Architecture from Yonsei University.

Forward

We first met by assignment. Jinbae was a new faculty member at Miami University in Architecture and Interior Design, and I was a mid-career member of Miami's Theatre program, and we were paired in a new mentor-mentee program the School of Fine Arts had initiated. The School's Assistant Dean, Rosalyn Benson, felt that new faculty might find somebody outside of their discipline more useful in helping them adjust to the more general aspects of university culture & customs & nuts-and-bolts administrative things. It was a smart idea; and for Jinbae and me it was a very fortunate circumstance, since we almost immediately found our mentor-mentee relationship becoming a friend-to-friend one.

To be honest, I don't think I was particularly good at advising Jinbae about departmental, divisional, or university matters; he turned out to be much, much better at those things than I was. Where we really found our friendship was in three things: basketball, country drives, and many, many meals together - breakfasts being by far the most frequent. We played noon-time basketball with a group of friends, some who worked at the university and some who live nearby and came in for the games. For an hour and a half, two or three times a week, we'd exhaust ourselves and feel great afterwards. Those games lasted for seven years, and were so important to us we'd make sure our class schedules allowed for basketball time. Wonderful games, and great guys (and Helaine) on the court.

However it was the country drives that really started us off. It turned out that we both loved to take drives in the country and visit small towns; Jinbae because he thought they were beautiful and fascinating, and me because they reminded me of where I grew up as a child. And we both had a, shall we say, pleasant interest in why things were, how things worked, and what things used to be. So a good day for us would be having lunch in a café that used to be a parlor in what used to be a hotel near where the railroad used to stop. And, of course, we were always on the lookout for covered bridges.

The meals started naturally. We almost always ate on our drives because it was fun to do so, but we also got in the habit of breakfasting beforehand. And in those days Oxford had light-and-healthy breakfasts at the university's fitness center, and two really good not-very-light-but-really-good

country breakfast places in town. We split our time among the three, going the light-and-healthy route when we also did fitness-center mornings. (Jinbae swam & whirlpooled: I usually just whirlpooled.) But it was the country places that became most special to us, and for which we both still have very fond memories.

Many of the things we talked about you'll be reading about in the pages to come, so I won't go on about that here. And what you'll also gather is that when Hyunshin married Jinbae, she happily joined us on the road and in the restaurants. Indeed, it was with Hyunshin that we began wandering even further afield; in Ohio and Indiana, and later along the New Jersey shoreline or the old part of Quebec City; and even further to many places in Europe later on.

When Hyunshin and Jinbae moved to New York, I was happy for them but sad for me; happy my friends were moving to an exciting new stage in their life, and sad that our meals and country drives would have to end. As you'll see in the book, they happily eventually returned.

This book/play came about because once during a telephone either Jinbae or I casually noted that we'd had over a thousand breakfasts together. This led to us thinking and chatting about all of the other things the two of us and later the three of us had done, and soon Jinbae suggested we put it down in writing. It took a long time to do so, mostly because it was hard to know what to include, and what would interest people. But as the process moved forward it seemed to become clear that we as individuals weren't as important as the friendship itself: that it was best told as a story about friendship, perhaps different from but also perhaps sometimes like the friendships that those who would read the book/play might have or have had. This felt like a nice direction for the writing, but there was still something missing to make the story work.

What was missing was all the waiters, waitresses, judges, strangers, flight agents, cooks, and others - all those who really made so many of our memories so memorable. With them in mind it became pretty easy to write; and in many ways this book/play is written in gratitude for the many, many kind people we met in our travels. I was about to close with saying how Jinbae, Hyunshin, and I have very different backgrounds, but on reflection I think that's not the case. We enjoy nice people, friendly dogs, and the communion of meals together. We are friends.

July, 2014, Oxford, Ohio
Howard Blanning

ONE
THOUSAND BREAKFASTS

Prologue

One Thousand Breakfasts takes place in a variety of places, in a variety of styles. There are three main characters: **HE1**, **HE2**, and **SHE**; however the other characters in various scenes(around 50 of them) often provide not only the circumstances of the stories shown, but the focus of the story as well.

One Thousand Breakfasts was written in anticipation of a reading public rather than a watching audience. This fact somewhat accounts for the rather large number of characters. Still, for better or for worse it is a playscript, and the reader will accommodate a great deal by letting their imagination see the locations spoken of as represented via the imagination-requiring stage rather than in a more realistic or cinematic style.

One Thousand Breakfasts seems to be much occupied with the doings of three friends, and indeed it is loosely inspired by their circumstances. But more particularly, it's occupation and study is inclined not towards the monumental, catastrophic, or otherwise dramatic turns in life, but towards the smaller, humbler moments events that shape all of our lives and recollections.

Act I

HE1's, HE2's Story

1. First Encounter
2. Germantown
3. The First Breakfast
4. The First Bridge
5. One Breakfast One Morning
6. Another Bridge
7. Another Breakfast One Morning
8. Another Breakfast Another Morning

1. First Encounter

Cast **HE1**
HE2
PROFESSOR
STUDENT

(In a lobby of an old academic building. ***HE1*** *is standing to one side. A* ***PROFESSOR*** *is talking to a* ***STUDENT*** *on the opposite side as they examine her wooden model.)*

PROFESSOR It is not wonderful, it is not inspiring; but I believe it is acceptable.

STUDENT Wow. This is my first 'Acceptable' from you. Thank you so much!

PROFESSOR Not at all.

STUDENT Now I can sleep this weekend. Thank you, professor.

*(**STUDENT** exits as **HE2** enters, drinking coffee from a paper cup.)*

PROFESSOR Hello, Walter.

HE2 Hi, Sergio. Sergio, would you send me some information on the Metz Cathedral?

PROFESSOR Of course. You're going there?

HE2 Maybe in January with some students. I want them to think I'm smart.

PROFESSOR I think we can manage a little smartening.

HE2 Thank you.

PROFESSOR I'll email you. Have you two met, by the way?

HE2 We're about to. Rosalyn made me his designated mentor.

PROFESSOR Ah! You two should be a fun combination. Best of luck.

*(**PROFESSOR** leaves.)*

HE2 Hi. I'm Walter.

HE1 I'm Sang-Kyu.

HE2 Did you eat lunch?

HE1 Uh, not yet, it's a little early.

HE2 Let's go for a lunch, and then off to a little country drive. Let's go to an interesting place.

HE1 Sure.

HE2 I've got my car in the loading dock. *(They get in an elevator. Two students with wooden models are in the elevator as well; one is fast asleep standing, and the other is almost asleep.)* We're not really supposed to do that, but I turn the flashers on and nobody seems to mind if you're not there for too long.

HE1 Oh.

HE2 So how is everything so far? It's ok?

HE1 Yeah, it's pretty good.

HE2 Your classes are ok?

HE1 Pretty much what I expected. They're fine.

HE2 Not too large? Not too many?

HE1 They're all right.

HE2 Sang-Kyu, where are you living?

HE1 Do you know the Indian Trace Apartments?

HE2 I'm not sure I do.

HE1 Kind of behind Pfeffer Park.

HE2 Oh, sure. How is it?

HE1 It's fine for now. I think I'll probably be there for this first year.

HE2 Sure. So you can take your time looking for something more long term. That's what I did, too. Here we are.

(They get into the car. ***HE1*** *looks around as he puts on his seatbelt.)*

HE1 It's purple.

HE2 Yeah, I was looking at a used Miata, and this was sitting next to the Miata, and I didn't fit in the Miata, and by the time I quit trying to fit into the Miata, I'd gotten used to the color. Kind of looks like Barney. *(Hands* ***HE1*** *his coffee)* Hold that, will you?

HE1 Sure.

HE2 Let me just back out of here.

HE1 It's a Neon?

HE2 Right. I fit in it, though.

HE1 Sure.

(They take off.)

HE2 What are you driving?

21

HE1 I've got a Honda.

HE2 Oh!

HE1 Their little SUV.

HE2 Nice car!

HE1 It's OK.

HE2 *(To someone outside)* Hi Debbie! *(To **HE1**)* She runs the summer courses program.

HE1 Oh.

HE2 Did you get your Honda recently?

HE1 Right. I was teaching in Seoul before this.

HE2 I think Celia mentioned that. So, do you need any furniture, or pots and pans, or stuff like that?

HE1 *(Laughing)* No, I'm fine.

HE2 Are you sure? I've got lots of everything, I think.

HE1 No. I already bought some things, and I like to do shopping.

HE2 That's Hall Auditorium, by the way.

HE1 Ah.

HE2 And you probably know McGuffey Hall.

HE1 Right.

HE2 Did someone give you a tour of the campus?

HE1 Yeah; they have this orientation for new faculty.

HE2 Oh, right.

HE1 Most of the campus is included.

HE2 Right. I went on that myself when I came here. They even, do they still take you out to Jungle Jim's?

HE1 They introduced the place to all the new international faculty.

HE2 It's not bad.

HE1 No, I like it a lot.

HE2 Great.

HE1 A really unusual place. I want to meet the owner.

HE2 I'd guess you can. He is a Miami alum. That's Ace Hardware on the corner.

HE1 Ah, I need to stop there sometime soon.

HE2 What do you need?

HE1 Just some things for the house.

HE2 Not the cheapest stuff - that would probably be Walmart - but really amazing wonderful level or service. The owners names are Jeff and Debbie. Whenever I travel I leave the key to my house with them, and they check on things for me.

HE1 Wow; that's like a classic Small Town or Village life.

HE2 It's one of the best things about this town.

HE1 We study that kind of service in hotel design and the management.

HE2 Really?

HE1 Sure. Butler service. That's really great.

HE2 OK, but if you do need something, let me know.

HE1 OK.

HE2 OK. Lunch, then off to short country drive.

HE1 The interesting place?

HE2 Well, it's kind of an Italian buffet, and I think it's only open for lunch, and is run by one woman and usually one waiter/cashier, and maybe somebody in the back. It's really good food, with one price for everything. It's next to Kroger's

HE1 Oh, maybe I know it. Next to the Chinese buffet?

HE2 China One, right. You've already eaten there before?

HE1 No, no.

HE2 Ah, you might like it. But it's very dangerous.

HE1 How so?

HE2 The dessert pizza. So good! So dangerous!

HE1 Ah.

HE2 Will that be ok?

HE1 Sure.

HE2 Great. You might like it.

HE1 Sure.

HE2 ... Say, what's your schedule in the afternoon?

HE1 Today, I'm open. My classes have stopped.

HE2 OK. Maybe, ... quick drive, then let's go get lunch, and then, let's go someplace.

HE1 OK.

HE2 I just need to stop at MacDonald's for a coffee.

HE1 *(Handing him the coffee)* You have this one.

HE2 Ah! I thought I'd left it somewhere. Great... You like old stuff?

HE1 Sure.

HE2 OK. We'll go someplace.

(They drive.)

(End of Scene)

1-1. **HE1:** In a Thousand Words The First 152

When I was a college student in Korea, I was in a class of a very well known and respected professor of Literature. One day, just after an essay exam, the professor held up a blank answer sheet: an empty page where an entire essay should have been written. One student had turned in his or her test without writing so much as a single sentence: without even attempting at a guess. The professor then explained that, upon closer examination of the blank document, a single tear mark was found in the corner. He then declared that for an expression of emotion so strong the student couldn't even concentrate on the exam, he awarded the paper an 'A'. Today, perhaps, students - and professors - would find this unacceptable. But this happened a long time ago: the early 1980's in Korea, and we were all somehow moved and impressed.

1980's Korea was chaos. The land was governed by the military; democracy did not exist. There were student demonstrations all the time, and countless organizations fought everywhere for this distant ambition of a democratic government. The economy

was growing at a rate so fast that people had to work day and night simply to keep up with it. It was a difficult time: a whirlwind time. In the midst of all the chaos, however, there was a search for the ideal, a search for purity. A certain romanticism was in our minds at all times, and humanity and true love became valued above all other priorities.

(End of Scene)

2. Germantown

Cast **HE1**
HE2
PROPRIETOR

*(**HE1** & **HE2** in an antique store, looking through things.)*

HE1 Really amazing.

HE2 What?

HE1 Kind of everything. It's like, there's no order, but that's it's order.

HE2 Yeah, the first store was more orderly.

HE1 Yeah, but this one is more interesting. I think it's part of the restaurant.

HE2 Restaurant's kind of an antique as well. You see something you like?

HE1 Sure, but today I'll just look.

HE2 Hm. You're more disciplined than me. Wow. Do you know what this is?

*(**HE2** picks up a zinc milk box and hands it to **HE1**.)*

HE1 It's a box.

HE2 It's a milk box. It used to be milk was delivered to our homes, every day. Milk, and cottage cheese, and maybe eggs, too; I don't remember. We had a box just like this. I think we just paid at the end of the month.

HE1 We had something like that when I was young. But we were pretty poor, everybody was, pretty much. We were better off than a lot because my aunt was like a secretary on a U.S. Army base for a while. What's this?

*(**PROPRIETOR** appears.)*

PROPRIETOR That's a griddle handle. For the stove. Still got a few people around here uses those things. Give you a good offer on it.

HE1 I don't think so. Is this your store?

PROPRIETOR The antique store is. The restaurant belongs to my daughter and son-in-law. They fixed that up nice; you should try it for lunch.

HE2 We might. We'll see.

PROPRIETOR Used to be a hotel, and a pretty nice one. They don't have the rooms fixed up now for customers - there's no plumbing upstairs at all, that's how old the place is. But you can see they were pretty nice one time. Everything antique, of course. Furniture, paintings, gas fixtures.

HE1 Oh; is any of theses from upstairs?

PROPRIETOR Hell, no. My daughter won't let me get within a mile of that stuff. They've got plans. These are just things I picked up here and there. Well, you see something you want, let me know.

HE1 Thank you, sir.

HE2 Thank you.

*(**PROPRIETOR** exits.)*

HE2 Let's get something there later.

HE1 Sure: maybe a coffee, something like that. Is the town's name really Germantown, or do they just call it that?

HE2 It's Germantown. This whole southwestern part of Ohio had lots of German settlers. That's why in Cincinnati....

HE1 Ah; Over-the-Rhine. Now I get it.

HE2 You can see from some of the buildings that this town used to be more... lively. I don't know what their original industry was - maybe something to do with farming or railroads. But now you can see it's sort of died down a lot: the same with a lot of towns in this area. In fact, on the way back we'll stop in Middletown. It used to have one of the largest steel plants in the world, and there's a huge hotel there, and a whole road of mansions of the vice presidents of the company. And the old president's house is almost a castle. Now it's really not in very good shape: the town, I mean. It's interesting. We'll stop there for a coffee on the way home.

HE1 We're going to drink a lot of coffee.

HE2 Yeah. Have you been to Camden yet?

HE1 No.

HE2 Gratis? Liberty? Metamora?

HE1 None of them.

HE2 We'll have some trips to do.

HE1 Great. Oh, look at these.

29

*(**HE1** points to a rough set of wooden crates.)*

HE2 Hm. Some kind of crates?

HE1 I think all four of them are in good shape. Do you think you'd have room for them in your car?

HE2 Sure. For your apartment?

HE1 No, I'm designing a restaurant in Seoul, and I want to furnish it with a vaguely turn of the century American quality, but everything authentic.

HE2 I see. You have the name?

HE1 Yes. 'Min's Club'.

*(**HE2** looks at the window menu of the restaurant.)*

HE2 Neat. What would the space look like?

HE1 I am converting a traditional Korean house into a new space with the concept of 'Early 20th century's foreign embassy clubs in Seoul'. So, I need a lot of Western antiques... a lot of.

HE2 Oh. Boy, we have to take a trip to Centerville, Indiana sometime soon, then.

HE1 Do they have a lot of antiques there?

HE2 Huge amounts.

HE1 Oh, that would be great. Maybe we can take my Honda. It's got a little more room in case we get furniture or something.

HE2 Sure; or I have a huge van. But I don't know if I'd trust it to go that far. We can take your car.

HE1 I'm going to ask him how much he wants for all four of the boxes. Should you bargain here?

HE2 I never know when you should and when you shouldn't

HE1 I'll play it by ear.

HE2 Oh, can we get something to eat here?

HE1 We just had lunch a couple of hours ago.

HE2 Yeah, but they have grilled cheese <u>and</u> hot dogs.

HE1 Sure. You go ahead while I get these things.

*(**HE2** heads for the restaurant.)*

HE2 All right. Do you want something to eat, too?

HE1 No, just coffee.

HE2 You sure? No pie?

HE1 No, just coffee.

HE2 Ok. We'll get pie in Middletown. At that neat hotel they still have.

HE1 OK. You're going to get a hot dog?

HE2 Maybe.

HE1 I thought you were vegetarian.

HE2 Yeah, but I don't count hot dogs.

HE1 All right. I'll be right in.

*(**HE2** exits, while **HE1** puts the four boxes in order.)*

*(**HE2** returns.)*

HE2 Do you smoke?

31

HE1 Sure.

HE2 Thank goodness.

*(**HE2** exits. **HE1** heads towards the cashier, carrying boxes.)*

(End of Scene)

2-1. **HE1:** In a Thousand Words 114 More

Designing a hotel is like building a town. If we think about a small, charming village in Europe, from the main gate we can see the town square and several streets going in different directions leading to the houses outside of the main square. We might also see a library, the town hall, a post office, churches, and a bank alongside a variety of shops. This is the special arrangement I think a hotel should follow; the lobby is the town square with corridors leading to the rooms, and other public spaces correspond with the various landmarks and services in the village. A village park is a hotel garden; the town hall becomes the banquet or meeting rooms, and houses are the guest rooms. There are even the libraries, restaurants, pharmacies, bakeries, salons and shops. So what kind of hotel we want requires the same answer as to what kind of village we want.

(End of Scene)

3. The First Breakfast

Cast **HE1**
HE2
HOSTESS
GINA (Waitress)
DAN

*(Interior of a Bob Evans restaurant. A very elder **HOSTESS** seats **HE1** & **HE2**.)*

HOSTESS How about right here by the window? Will that be all right?

HE2 Just fine.

HE1 Thank you.

HOSTESS *(Handing them three different menus each)* Here are your menus and Gina should be out with you in just a minute or two.

HE2 Thank you.

HE1 Thank you.

*(**HOSTESS** leaves, the men seat themselves.)*

HE2 Good. I like sitting by a window. Have you been to a Bob Evans before?

HE1 Not quite a Bob Evans, but, a little bit similar, diners, I think. Those are what you'll find more of in New York State or in New Jersey. I don't think, not so much in the city, though.

HE2 It's ok?

HE1 Yeah, it's fine. You come here a lot?

HE2 Mm, two or three times a week. For breakfast. They've got English Muffins and I like them at breakfast.

HE1 It's fine.

HE2 Pretty, nothing special Midwestern food, but pretty good for what it is.

HE1 It's fine.

HE2 If we ever come here for lunch or dinner, they have Beef Manhattan.

HE1 Oh?

HE2 Yeah, it doesn't seem to be as popular as it used to be when I was a kid, but they still have it here. Have you ever tried it?

HE1 Of course!

HE2 Oh?... Oh, well sure. You lived in Manhattan for a while.

HE1 No, I never tried it there. It's food you get when you're driving on the highway.

HE2 Exactly! Highway food.

HE1 Maybe the most iconic of highway foods; that and a BLT, but I think even more than a BLT. Its in lots and lots of movies.

HE2 That's true.

*(**GINA** enters.)*

GINA Hey, how you doing today? Can I give you boys some coffee while you look at the menu?

HE1 Yes, please.

HE2 That'd be great. And a glass of water with no ice, if I could.

GINA Sure thing. And the same for you?

HE1 No, just the coffee, thanks.

GINA All right, I'll be right back.

HE2 Thank you.

(GINA exits.)

HE2 So they don't have Beef Manhattan in Manhattan?

HE1 Probably somewhere they have it, but I don't think I ever had it there. It's highway food.

HE2 No, you're right. That's where I always used to get it, especially when driving out West. You ever hear of Chock Full O'Nuts?

HE1 Oh, my God; how do you know about Chock Full O'Nuts? That was almost exclusively Manhattan thing.

HE2 Their 'Cream Cheese and Walnut Sandwich on Soft Rye Bread' was my mother's absolutely favorite food.

HE1 They lived in Manhattan?

HE2 No; in a small college town in Indiana.

HE1 ? They had a ....

HE2 No, no; my dad sometimes would go to New York on college business and he always had to bring back a sack of them for my mother.

HE1 Oh, my Gosh; that's really an iconic food. Really New York food. Actually my parents told me that they always visited Chock Full O'Nuts when they studied in New York.

HE2 Oh yeah? So they're still there?

HE1 I don't think so. Maybe one location. I think, though, the franchise itself went out of

business. Somebody probably bought the name.

HE2 You know a lot about food.

HE1 You think? Do you watch the food channel?

*(**DAN** enters, walking by. He is around 80, looks more like 100, but acts like he's 60. Very healthy.)*

DAN Well hi, Walter! *(**DAN** puts his hand on **HE2**'s shoulder.)*

HE2 Hi, Dan!

DAN Why aren't you at the gym?

HE2 We just came from there.

DAN Oh. All right then.

HE2 Dan, This is Sang-Kyu. He just started here this semester.

DAN Oh! Well how nice to meet you.

(They shake hands.)

HE1 Nice to meet you.

DAN *(To **HE1**, putting a hand on his shoulder as he refers to **HE2**)* You see, I have to keep on him about getting to the gym, because I want to be his manager, but I need him in shape.

HE1 I see.

DAN Well, good to see you. Nice to meet you, Sam! Do you go to the gym, too?

HE1 Pretty often.

DAN *(To **HE1**)* Did I tell you about forgetting my bathing trunks yet?

HE1 No.

DAN Boy, there's a story. *(To **GINA**)* Hello dear.

GINA Hello, darling. Your buddies are over in the corner already. (Pours more coffee)

DAN Oops. Better run. Sam, Walter; see you at the gym.

HE1 Nice to meet you.

(Waves and leaves.)

HE2 I think he's a dentist.

HE1 Still?!

HE2 No. There's a food channel?

HE1 Oh, yes. I designed a lot of restaurants. Knowing food is important, then I got this habit of watching food channels.

*(**GINA** re-enters.)*

GINA You boys got a chance to look at the menu?

HE2 No, but while he's looking, I know what I'm going to have: two eggs over easy, burnt hash browns, and a burnt English muffin.

GINA That's the same thing you usually order. I think it is.

HE2 Pretty much so.

GINA I thought so. Burned and burned. I remember it. How about you, hon?

HE1 Maybe....

HE2 You can order a beef Manhattan if you want....

HE1 No.

HE2 They serve it all day.

HE1 Not for breakfast.

GINA *(Friendly scolding)* I was about to say! What are you telling him?!

HE1 Let me try this breakfast bagel and this fruit cup.

GINA All right. You want a little cream cheese on the side with that?

HE1 No thanks.

GINA All right. I'll get that in and get it right out to you.

HE1 Thanks.

HE2 Thanks. ... because they do serve lunch all day.

HE1 That's OK.

HE2 At least I think they do.

HE1 That's OK. I know they serve breakfast all day.

HE2 Uh, huh. You <u>want</u> the Beef Manhattan?

HE1 No, that's ok.

HE2 What's your schedule in the afternoon?

HE1 I'm open.

HE2 Let's go someplace.

HE1 Sure.

(End of Scene)

3-1. **HE2:** In a Thousand Words The First 187

With Shakespeare it's so easy once you figure out how he does what he does. Once you know that then you can understand what he wants to do - I mean, what he wants the audience to know, to see and hear directly, to see and hear indirectly. And always it seems like everything you learn, it's like the opposite of those Russian dolls; you open one thing, and there's something bigger inside; you open it, and there's something bigger inside it, like finding diamonds and Da Vinci in silver mines full of gold.

If you lived in London when he lived in London, you might not have known him even if you saw him; he was an actor for a while, but it does not seem he was so outstanding at that. In Stratford, you might just know him as that pretty wealthy, pretty quiet guy, owned a fair amount of property... two daughters, a wife, nice neighbors. I'd love that: to be both that good and that ordinary.

I don't just like Shakespeare. I love Shakespeare! I love dogs. ... Hot dogs, too, though I wish I did not. - I really want to be a vegetarian. And Poirot. I love Agatha Christie's

Poirot - the newer British series that's all Art Deco. It's great. He loves them, too. I don't know how many evenings we have watched them... neither of us go out much.... They're great.

(End of Scene)

4. The First Bridge

Cast **HE1**
HE2

*(**HE1** & **HE2** in a car, **HE1** driving)*

HE2 ……… There it is.

HE1 Where?

HE2 You see there, by the tree?

HE1 Oh, yes.

HE2 You can drive by it on this side and we can stop on the other.

HE1 Uh, huh. Oh, that's really something. Let me get a picture from here before we go over to the other side. I think the light might be a little better from here.

HE2 Sure.

(They get out of the car.)

HE1 Really something. *(**HE1** takes a photograph.)* How come they covered it?

HE2 To protect the bridge, I think. It worked. I think this one's over a hundred and fifty years old - all of them around here are at least a hundred, I'm pretty sure of that.

HE1 How many are there?

HE2 Here in Ohio, near us, I think there are seven. I know of a couple nearby in Indiana as well, and I think they have lots of them. Some you can still drive on.

HE1 Really?

HE2 Sure.

HE1 Like, this one?

HE2 I don't think this one. See. They've got a chain across the front of it.

HE1 Oh. Sure.

HE2 I think we can walk on it, if you want.

HE1 Oh, yes. Maybe get a picture <u>from</u> the bridge as well as <u>of</u> the bridge.

HE2 Sure.

(They walk towards the bridge.)

HE1 So, you can still drive on them?

HE2 Some.

HE1 That's amazing.

HE2 They were really well built.

HE1 Maybe that's why they covered them.

*(**HE1** takes a photograph.)*

HE2 Maybe; to protect what must have been a sizeable investment for the time. I mean, I don't know if the wood was so expensive, since it was probably local; nor the labor, if a sawmill was nearby - and since there's a creek here big enough to need a bridge there probably was a sawmill. But you'll see that even though all the beams and supports are wood, there are lots of iron or steel bolts, and plates, and things like that, and I bet that stuff was pretty expensive back then.

HE1 Who built them? The government?

HE2 Probably at some level, I'd guess. Maybe not federal or state, but, maybe....

HE1 Like, county government?

HE2 That's what I'd guess. Something more local, that would have a familiarity with the area. And you see where they used to go across before they built the bridge?

HE1 Oh, yeah. That's what the road is lined up with. That's why there's a little curve before and after the bridge.

HE2 Uh huh.

HE1 So, first it was a crossing, and later they put the bridge in, but still used the crossing.

*(**HE1** takes a photograph.)*

HE2 Well, it probably took some time to build the bridge, so the fording place was still used until the bridge was completed.

HE1 What's a fording place?

HE2 A place at a river, or stream, or creek that was shallow enough that you could run your cattle or horses or wagon across, except when the water was too high. A lot of those places became towns: Oxford, Stratford, ...

HE1 <u>Our</u> Oxford?

HE2 No, we just borrowed that name: a very common American habit. Since we were originally founded as a university I suppose they thought it would be a good, maybe, reflection, to name it after the English Oxford. But I bet that Oxford was called Oxford because that's where people forded their Oxen.

HE1 So you think there used to be a town here?

HE2 No, not near here, I don't think. But maybe you had to cross this creek to get to a town nearby, or to get to a mill. But there might have been times when the creek was too high to cross, like in the springtime. You see here, these branches and mud in the tree forks?

HE1 Uh huh.

HE2 That means that at some time the water was at least this high; maybe in the big flood we had a few years ago.

HE1 This is a lot higher than the base of the bridge.

HE2 But that was really unusual. Usually it was just, well, I don't know: not so high, but high enough at least in part of the year that you could not ford it, but you might have still needed to get across: or at least wanted to get across. So, probably, some time maybe in a Fall after harvest the State, or the county, or maybe just some kind of farmer's group took some time to build it; and here it still is.

HE1 ... I like that.

HE2 I think, for a lot of these bridges, nobody exactly knows who built them. Just, ... the past built them.

HE1 I like that, too.

*(**HE1** takes another photo.)*

(End of Scene)

4-1. **HE2:** In a Thousand Words 28 More

The prettiest phrase I know, in any language, might be Ya farhati. It's Arabic, means something like. "Oh, how happy I am." Doesn't that sound nice? Ya farhati!

(End of Scene)

5. One Breakfast One Morning

Cast **HE1**
HE2
WAITRESS
DAN

(The scene opens at Philips 27, a fairly typical country diner. ***HE1*** *and* ***HE2*** *are sitting at the table.* ***WAITRESS*** *stands. About 9 seconds of silence, then...)*

HE1 Ok, I'll have the vegetable omelette. No cheese.

WAITRESS White or wheat?

HE1 White toast.

HE2 And I'll have two eggs over medium, with home fries and wheat toast.

WAITRESS Coffee or juice?

HE2 Coffee.

HE1 Maybe both.

WAITRESS All right.

*(**WAITRESS** exits.)*

HE1 You changed your order.

HE2 They don't have English muffins, so there's no point in asking. And their home fries are more like what I'd call hash browns, and vice versa. I think they're just names.

*(**WAITRESS** brings coffee.)*

HE2 Thank you

HE1 Thank you.

*(**WAITRESS** exits.)*

HE2 And the over-easy eggs here are too over-easy-y for me, so....

HE1 So you're <u>kind of</u> ordering the same thing.

HE2 Pretty much.

HE1 I like this place better than Bob Evans.

HE2 You don't like Bob Evans?

HE1 Bob Evans is fine. And Gina and... what's the other waitress' name?

HE2 Jane.

HE1 Jane. Right. They're great. But this place is....

HE2 ? ... better food?

HE1 I don't know yet.

HE2 Oh, right.

HE1 Probably close to the same. But this place....

HE2 More iconic? More like a country café - which it is.

HE1 It's just what it should be. The food will taste fine.

HE2 . So, if I understand you, you like Bob Evans because it's like Bob Evans, and you like this place because it's like this place.

HE1 Exactly.

HE2 But you like this place <u>more</u> than Bob Evans, because this place is more like, <u>this</u> place, than Bob Evans is like Bob Evans.

HE1 Exactly.

HE2 And what you really <u>do</u> like about Bob Evans is its "Bob Evans-ness".

HE1 That's it.

HE2 .... But if Bob Evans tried to be <u>more</u> like this place, you might actually like it less; because even though you like this place more, what you like about both places is their place-ness, so the best Bob Evans can do is work on it's Bob Evans-ness.

HE1 Exactly.

HE2 So, Bob Evans just can't win.

HE1 Sometimes you can be more in the mood for one than the other, so long as they're both good. Some days, listening to Gina or Jane might be the thing you would really like to enjoy.

HE2 Sure.

*(**WAITRESS** enters with food.)*

WAITRESS Here you are.

HE1 Thank you.

HE2 Thank you.

*(**WAITRESS** leaves.)*

HE1 See? Very different, but it seems right for here.

HE2 Mm hmm. Not impolite.

HE1 No. Not impolite.

HE2 Just, ...

HE1 ... Just, not chatty.

HE2 *(Nodding)* Not chatty. (indicates food) You see? Their over medium looks almost just like Bob Evans' over easy. How's your omelette.

HE1 It's fine. Look: the vegetables are fresh cut.

HE2 You can tell.

HE1 Sure!

HE2 Wow. You really do pay attention to food.

HE1 Mm. But maybe service more than food. But food, too.

(End of Scene)

5-1. **HE1:** In a Thousand Words 62 More

Most places in the world, including houses we live in and stores where we shop, differentiate our status. Rich people live in expensive houses and stay in five-star hotels; they visit expensive restaurants, drive different cars and even sit in different seats in airplanes. But there are places that almost everybody can and are welcome to visit: zoos, museums, and libraries. CEO's are welcome to bring their kids to zoos, but no more so than custodians. Wealth is no guarantee of finding a good spot to appreciate a painting, and its status has no value to the librarian helping someone find a good book. What are the common characteristics between libraries, museums, and zoos? The notion of democracy; that these places and the environments they provide belong - or should belong - by their nature to those who take pleasure or comfort in them.

(End of Scene)

6. Another Bridge

Cast **HE1**
HE2

*(**HE1** & **HE2** are standing, looking at a double bridge.)*

HE1 *(After a moment, looking at the left bridge)* ... <u>Two</u> bridges.

HE2 *(Looking at the right bridge)* A double bridge. A two-laner.

HE1 *(Looking at the right bridge)* Why didn't they just build one wide bridge?

HE2 *(Looking at the left bridge)* I have no idea.

HE1 *(Looking at the iron bridge)* ... The iron bridge is really nice.

HE2 *(Looking at the iron bridge)* We can drive on it.

HE1 *(Looking at the iron bridge)* Really?

HE2 *(Looking at the iron bridge)* Sure. *(Looking at the right bridge)* We'll drive over it when we're done here.

HE1 *(Looking at the iron bridge)* Great. *(Looking at the right bridge)* I wonder which is older.

HE2 *(Looking at **HE1**)* Pardon?

55

HE1 *(Looking at **HE2**)* Which bridge is older: the iron? *(Looks at the iron bridge)* or the wooden? *(Looks at the left bridge)*

HE2 Ah. *(Looks at the left bridge. Looks at the right bridge. Looks at the iron bridge.)* ... Hard to say.

(End of Scene)

7. Another Breakfast One Morning

Cast **HE1**
HE2
GINA

*(**HE1** & **HE2** are seated as **GINA** comes up with coffee.)*

HE1 Hi Gina.

GINA Hey, how are you boys doing today? Good to see you! Here's your coffee, and here's you Sweet & Low, and I'll be right back. I just gotta take care of that lady at the register. Sarah's out sick today so we're all covering for each other.

HE1 Ah.

*(**GINA** exits.)*

HE2 Busy day today for them.

GINA *(Entering)* Here's your waters, and no ice for you.

HE2 Thank you, Gina.

GINA And I didn't bring menus because you're going to order two eggs over easy with burnt hash browns and a burnt English muffin, ...

HE2 You got it....

GINA ... And you always like to try something different, but we got a new cook in last weekend and I know you like poached eggs and you will not believe her Eggs Benedict.

HE1 Oh!

GINA I thought you might think so. Alrighty, I'll put this in and check up on your coffees in a couple of minutes. All right?

HE1 Thank you, Gina.

HE2 Thank you, Gina.

GINA Thank you, boys.

(She exits.)

HE1 I absolutely love her.

(End of Scene)

8. Another Breakfast Another Morning

Cast **HE1**
HE2
WAITRESS
DAN

(The scene opens at Philips 27. ***HE1*** *&* ***HE2*** *are sitting at the table.* ***WAITRESS*** *stands. About ten seconds of silence, then ...)*

HE2 Ok, I'll have two eggs over medium, with home fries and wheat toast.

WAITRESS Coffee or Juice?

HE2 Coffee, please. *(****WAITRESS*** *looks at* ***HE1****.)*

HE1 Do you have poached eggs?

WAITRESS *(Slightly taken a back)* I don't remember anybody ever asking. Let me go check.

*(****WAITRESS*** *exits.)*

HE2 You really like this place?

HE1 Sure. Don't you?

HE2 Yeah, but, I'm not, like... I'm <u>from</u> the Midwest. This is what's, ... usual.

HE1 Of course! That's why....

WAITRESS *(Returning)* He says yeah. *(She puts down two coffees and one juice.)*

HE1 OK. I'll have two poached eggs, and a side of bacon.

WAITRESS Eggs come with toast.

HE1 Oh. No, I --

HE2 I'll eat your toast. Give him wheat toast as well.

HE1 Sure.

WAITRESS All right.

*(**WAITRESS** exits.)*

HE1 *(Holding up juice)* She remembers the juice.

HE2 Did you want juice?

HE1 No, but I like that she remembers. That's why I like places like this; it's what it's supposed to be. Kind of, ... humble.

HE2 A country café.

HE1 I don't enjoy every humble place. I enjoy certain humble places, because - at a certain level they have decent food, even though it's not inventive or creative.

*(**DAN** enters, walking by. He is around 80, but looks more like 100 but acts like 60. Very healthy.)*

DAN Hey, Sam! Hey, Walter!

HE1 Hi, Dan!

HE2 Hi Dan!

DAN *(Puts his hand on **HE1**'s shoulder)* Why aren't you boys in the gym this morning?

HE1 We're playing hooky.

DAN Now, listen; if I'm going to be your managers, you're just going to have to do better than this.

HE2 Yes, sir.

HE1 What are you doing here?

DAN Well, if you weren't going to be at the pool, Sam, there wasn't any need for me to be there.

HE1 Ah. You just knew we were hookying.

DAN *(Laughs, then)* You know, one time I was in the locker room, getting ready for a swim; I took a shower, and then came out to the pool - the diving pool, because it's warmer; and just as I'm in the middle of diving in the water I realize I forgot to put on my jock strap and bathing trunks.

HE1 Oh, my gosh!

DAN I was stark, stork naked. Thank Heavens I had a towel. Got out and got that on.

HE2 What did the lifeguard do?

DAN That poor girl. She pretended to not see me. I hope she wasn't giggling too much.

HE1 Oh, my gosh.

DAN I tell you, guys, there's a lesson to be learned there. As you get older, carry a big towel. Just in case.

*(**WAITRESS** brings out their orders.)*

HE1 We'll remember.

HE2 Right.

DAN *(To **WAITRESS**)* Good morning, dear!

WAITRESS Morning.

*(**WAITRESS** serves and leaves.)*

DAN *(to **HE1**)* Are those poached eggs?

HE1 Yeah.

DAN I didn't know they had poached eggs here. That's pretty classy. OK Sam, OK Walter, you boys have a good morning.

HE2 Take care.

HE1 Bye, Dan.

*(**DAN** leaves.)*

HE2 Sam, *(smile)* can I have your toast?

HE1 Sure! Leave me a slice. All right. You know; have you ever read articles about New Jersey diners? Many times people compare the waitresses and staffs' movements to a kind of choreography; not like an action that's repeated because it's boring or mechanical, but because they are so trained, so practiced, that their movement is like an expression of what that kind of movement should be.

HE2 Sort of 'Plato's waitress'.

HE1 Maybe something like that. It's not if the waitress should smile or not smile; if she should smile, she should smile; if she shouldn't smile, she shouldn't smile.

*(**WAITRESS** refills their coffee.)*

HE2 Thank you.

HE1 Thank you.

WAITRESS Mm hmm.

*(**WAITRESS** leaves.)*

HE2 … She shouldn't smile.

HE1 No: she shouldn't smile. It would change the authenticity of the experience.

HE2 I have to confess, I don't know her name.

HE1 It's Hellen.

HE2 Hellen? How did you know?

HE1 They write their names on the bills. It helps for them to calculate their own tips.

HE2 Ah.

HE1 She lives just down the street from me.

HE2 Really?

HE1 Mm hmm. I see her in the neighborhood.

HE2 So, should we call her Hellen?

HE1 Hmm. Good question. Somehow, maybe, I think she wouldn't like it.

HE2 Ah.

HE1 She wouldn't mind it, but I don't know if she'd prefer it.

HE2 I get it. It's not part of her choreography.

HE1 Eating is one thing; dining is a whole experience. Everything matters. Not just the food and the décor, or how the waiters and waitresses act, but how the customer acts as well.

HE2 … But Gina at Bob Evans should smile.

HE1 Gina always smiles. That's the experience at Bob Evans; or in her case, wherever she

works.

HE2 What if Gina worked here?

HE1 Hmm. Maybe. I like it like it is, though.

*(We hear **DAN's** & **HELLEN's** voices.)*

DAN Hellen, dear, could you bring us some tabasco sauce?

WAITRESS All right.

DAN Thank you, Hellen!

HE1 ... Dan is 80. He can do what he wants.

HE2 True. He even went swimming naked.

HE1 Right. We can't do that.

HE2 What's your schedule in the afternoon?

HE1 I'm open. My classes stop at noon....

HE2 OK. Maybe,...let's go get lunch, and then, let's go someplace.

HE1 OK.

HE2 Take a drive?

HE1 Sure.

HE2 OK. We'll go someplace.

(End of Scene)

8-1. **HE1:** In a Thousand Words 88 More

The whole idea of service is the relationship of food, atmosphere, design, people; and the actions of providing the service as well. It, ... it's related to our entire life. Service is the exchange of things, just like human interaction. Of course food is important, and design is important for me; that's not just related to food but probably related to my entire life. Of course I really enjoy a sophisticated design by a famous architect. I really enjoy that. But when I walk in the country I enjoy the ways they gather straw in the fields or stack wood, because I think those activities reflect some of the philosophies in life; for the people who live there, and also for those of us who contemplate the landscape they create.

(End of Scene)

Act II

HE1's, HE2's, SHE's story

1. Somewhere in Indiana

Cast **HE1**
HE2

*(**HE1** driving, **HE2** in passenger seat asleep)*

HE2 *(Waking up, looking out the window)* You know where we are?

HE1 In Indiana.

HE2 I think so. How did we get here?

HE1 Having no map, I just kept turning left, then right, then left, then right, like that.

HE2 After the little valley where the road changes surfaces?

HE1 Right.

HE2 All right. Are we heading anywhere special?

HE1 Maybe a little bit south? Southwest.

HE2 Sounds good. I was born near here.

HE1 I remember. Near Madison?

HE2 Mm hmm. On a bluff overlooking the river. Very pretty.

HE1 Do you ever go back?

HE2 I did once a few years ago, kind of a reunion. It was ok, but, ... our house is gone, most the people I knew were gone or passed away. But it was nice. But I don't know that I want to go back again. It is also sad because of the memory of my parents. I do like this area, though.

HE1 Me, too.

HE2 W.H. Auden wrote a poem called 'In Praise of Limestone', and I always thought it was about places like this, like were we live. Nothing really great or grand, hills instead of mountains, more creeks and streams than rivers, ... a lot hasn't changed here over the years, and I think it's partly because when farmers first farmed here, there was enough land inside a valley to farm - twenty or fourty acres, maybe. But as farms in other places got bigger, these farms couldn't grow - they were in valleys. Where I grew up, there were a lot of half-time farmers; half the time farming, half the time maybe working at a factory, or driving a school bus. Another thing here, I think when they settled here, they missed their old homes. That's why within a hundred miles of here or less you can go to Paris, London, Boston, Moscow, Versailles, Vincennes, Hanover, even Hindustan. I think we might end up in this direction going to a town called Vevay. It's really old, and has a rammed earth house. Not so common.

(HE2 starts to fall asleep.)

HE1 Keep awake for a little bit.

HE2 Sure. Sure I'm sorry.

HE1 No; I don't mind when you fall asleep; it's kind of our routine sometimes.

HE2 Well, I am good at it.

HE1 It's fine. It's just, I need to ask you some things.

HE2 Sure.

HE1 Since you're my mentor.

HE2 You need something?

HE1 ... I'm really lonely.

HE2 *(Waking up fully)* Oh... like, I'm sorry I didn't....

HE1 No, no, the stuff we do is great, breakfast, country drive, and I really like the basketball games and the guys who we play with... but, sometimes I get lonely.

HE2 Sure.

HE1 And you're my mentor, so that's why I'm asking you.

HE2 Asking me, to....

HE1 I don't know. How do I find a girlfriend here? Or get a dog, or something?

HE2 Like, set you up on a blind date, like that sort of thing?

HE1 Exactly. In Korea that's usually the way couples meet. A friend sets them up on a blind date, or even a matchmaker.

HE2 You don't usually just ask out friends or colleagues?

HE1 No. I mean it happens, but usually you don't want to be dating someone who works in the same office with you. I know it's not exactly the same here.

HE2 Oh, I don't know; I think the same thing happens here a lot. But I, uh... to tell you the truth, I've been here more than fifteen years and I don't think I've been on more than two or three dates.

HE1 Oh.

HE2 I'm just not a dater. I tried it but, I'm not very good at that kind of thing.

HE1 I don't want to date you, I want you....

HE2 ... No, I know.

HE1 ... to help me....

HE2 ... you want me to introduce you to....

HE1 ... meet somebody who....

HE2 ... might like to go out.

HE1 Exactly.

HE2 Got it. I tell you, boy, I'm just not very good at, you know, ... What about asking Murali?

HE1 He's married, with two kids, his wife is a doctor; I don't think they have any other life than that.

HE2 No... Lisa?

HE1 ?! ... Lisa is <u>at least</u> ten years older than me!

HE2 ... No, I meant maybe <u>she</u> would know....

HE1 I think she mostly knows just architects.

HE2 ... And you don't want to....

HE1 No! Architects are interesting but I don't want to date one.

HE2 I told you, I'm just not very good at this sort of thing.

HE1 It's ok. I believe you now.

HE2 Just not my strength.

HE1 No, it's OK. Really. Is that a church?

HE2 Oh. I actually know that. It used to be, but now it's a private home.

HE1 Ah. That's what it looks like.

HE2 We're in Switzerland County now - see: another reminder name. We're near Vevay, and I remember the last time I was here someone told me that there was kind of a fashion for a while here of buying old churches and turning them into private homes.

HE1 Ah. Why so many churches?

HE2 There are always lots of churches in the Midwest.

HE1 That's true. Maybe twenty around where we live.

HE2 Right. And here maybe more spread out throughout the county. This was originally really prime settling land: very fertile, near the river but still on high ground, fairly mild winters, people came from all over.

HE1 A lot of French names.

HE2 They were the first Europeans here. Then everybody. So there were Catholics, - I think there's still a convent not far from here, - and lots of Protestant denominations, and not far from here some, like, special communities, like New Harmony.

HE1 We're near New Harmony?

HE2 Well, the other side of the state, but not so far away. You know New Harmony?

HE1 Sure. We should go there some day.

HE2 Sure. ... Sorry I wasn't more help on....

HE1 That's ok. Really.

HE2 ... I can maybe probably help you with a dog....

(End of Scene)

2. Somewhere Different

Cast **HE1**
HE2

*(**HE1** is driving. **HE2** is looking at a map.)*

HE1 She's a violist.

HE2 Like, viola, violin-viola?

HE1 That's right. Julliard.

HE2 Wow. Must be a really good violist.

HE1 *(Hands over CD case with picture)* Here's a picture of her.

HE2 Ah.

HE1 She's the one on the right side. With the viola.

HE2 Wow. A very beautiful violist. When did you meet her?

HE1 My friend's sister?

HE2 Yeah?

HE1 She introduced us.

HE2 Ah.

HE1 She's best friends with her piano accompanist.

HE2 Ah.

HE1 I mean my friend's sister is best friends with Eugene's piano accompanist.

HE2 Eugene is her name?

HE1 Oh yeah; Eugene. Sorry about that.

HE2 No, that's great. When did all this happen? I am very happy for you.

HE1 *(Pause)* Next Tuesday. *(Referring to the CD)* Can you play that?

HE2 *(Puts CD in player)* Sure. ... Next Tuesday?

HE1 In Seoul.

HE2 Oh... Sure.

HE1 Can you give your 'Romeo and Juliet' lecture to my design studio on Wednesday?

HE2 ?... Oh...Sure.

HE1 Great. Murali will cover my other classes. Thanks.

*(**HE2** starts the CD playing: it is a classical string quartet music)*

HE2 ?... Sure. What are we listening to?

HE1 Her.

HE2 Great.

HE1 On the viola.

HE2 Great.

HE1 I want to get to know more about ....

HE2 ... Viola music.

HE1 Right.

HE2 ... Pretty nice first date.

HE1 Yeah! Pretty nice.

(Music continues to play.)

(End of Scene)

2-1. **SHE:** In a Thousand Words The First 108

What was it like? (Pause)... Oh. (Pause)... Oh, my... (Pause) The first date? (Pause) ... Oh (Pause)... It wasn't that... nice.... It was a blind date; my accompanist's best friend was the sister of his friend. So they were who sort of introduced us. She said that his face was only ok, but that he had, like, a good... shape. A nice body. But my accompanist, she had not seen him in maybe ten years. So I was waiting, I was a little nervous, of course. I wanted to make a good impression on him. And then he showed up, and he,... he showed up, and he had... he had no hair. No hair. You could see he'd shaved his head. This was our first date.

(End of Scene)

3. Ollie's Trolley

Cast **HE1**
HE2
CASHIER
OTHER CUSTOMERS (in background)

*(**HE1** & **HE2** in line at a trolley car-turned food wagon. They are a couple of steps up to order. A number of people are in line. Three picnic tables are in front.)*

CASHIER One pulled pork, one baked beans, one small chili, and a Pepsi?

HE1 That's right - and can I have a box for the pork sandwich? It's too big.

CASHIER Sure thing.

HE2 *(to **CASHIER**)* I'm gonna get both of these, sir.

CASHIER OK. You got the vegetarian baked beans, another vegetarian baked beans - you're just like my wife - sweet slaw, pepper fries and a Diet Pepsi?

HE2 That's it.

CASHIER Altogether. $21.20.

HE2 Here you are. *(Gives the **CASHIER** $25.00.)*

CASHIER It's gonna be a minute on your pepper fries. You eating here?

HE1 Yeah.

CASHIER I'll give you a holler. *(Gives **HE2** his change)*

HE2 Thank you.

HE1 Thanks.

(They step down to an outdoor picnic table. Other people in line continue to order.)

HE2 You didn't get the chicken wings this time.

HE1 No. They're good, but this *(referring to the pulled pork sandwich)* is really incredible. It's, like, classic. Maybe the best in the world. You want to try it?

HE2 I'm trying to be vegetarian!

HE1 I know, but this won't count. Try it.

HE2 Quit doing that. So, where do we go after here?

HE1 Maybe the other side of the river. Kentucky side.

HE2 Up river or down river?

HE1 Which is nicer?

HE2 I don't know. I'd guess upriver is more countryside. The Ohio side is that way.

HE1 OK. Is there a bridge upriver where we can cross when we come back?

HE2 I know there's one in Portsmouth, but that's a ways away. There must be one not too far up. And there's a town on the Ohio side called Hamlet.

HE1 Like, named after Shakespeare's play?

HE2 Probably not, but I've never stopped there. Only driven through.

CASHIER *(calling out)* Here's your fries, guys.

HE2 Thank you!

*(Goes to get them, then returns. **HE1** checks his map.)*

HE1 Here's where I'd like to go.

HE2 Ok. What's there?

HE1 There's supposed to be a little, perfect little church. I want to get a picture.

HE2 OK.

HE1 Ah; I asked Eugene, like you asked me, if she knows Sandra's parents.

*(**HE1** starts to cut the pulled pork sandwich in half.)*

HE2 And?

HE1 They play together sometimes. In a chamber orchestra.

HE2 That's amazing!

HE1 Small world. *(sliding half of the pulled pork sandwich over to **HE2**)* Here; try this.

HE2 Why do you keep doing that?

HE1 This doesn't count.

HE2 It's meat!

HE1 Buddhists can eat meat.

HE2 I'm Episcopalian. We can, too. But I'm trying not to. Save it for later.

HE1 OK. You put it in your backpack and I'll get it later.

HE2 You think I'll forget it and then find it and then eat it. You want some fries?

HE1 Just one.

HE2 OK. So, we go here, and then we see about going here. Should be fun.

(They start to pack up.)

83

HE1 Do you know what you're doing on the weekend of Fall Break?

HE2 I'm not sure. Nothing special planned just now.

HE1 Can you get somebody to teach your Friday classes?

HE2 I don't have Friday classes this semester.

HE1 Ah, that's right. That's great. Maybe, we'll go to a concert.

HE2 Sure.

HE1 You have a suit?

HE2 I must somewhere.

(End of scene)

4. On the River

Cast **HE1**
HE2
PASSENGER (about 85)

*(**HE1**, **HE2**, & **PASSENGER** are at the side guard rail of a very small ferry barge. The noise level is very high.)*

HE1 *(Shouting)* Only five dollars?

HE2 *(Shouting)* That's what it said! I think it must be subsidized!

HE1 *(Shouting)* What?

HE2 *(Shouting)* It's subsidized!

PASSENGER *(Shouting)* Nah! He makes a little money.

HE2 *(Shouting)* He does?

PASSENGER *(Shouting)* Well, … he must. It's always full.

HE1 *(Shouting)* Do you know how old it is?

PASSENGER *(Shouting)* Boat's older than the barge. Both are pretty old.

HE1 *(Shouting)* … Six cars?

PASSENGER *(Shouting)* It does six cars or six trucks. He doesn't take big trucks on it.

HE2 *(Shouting)* Just cars & trucks?

PASSENGER *(Pauses to think, then, shouting)* Sometimes fishing boats on trailers.

HE1 *(Shouting)* How long does it take?

PASSENGER *(Shouting)* Eight or nine minutes. Depends a on the weather.

HE1 *(Shouting)* That's great!

PASSENGER *(Shouting)* Yeah.

HE2 *(After a pause, shouting)* So where's this concert?

HE1 *(Shouting)* Seoul.

PASSENGER *(Shouting)* ... Seoul?

HE1 *(Nodding, shouting)* Seoul. Korea.

PASSENGER *(Nodding, shouting)* I was there, in 1952.

HE1 *(Shouting)* Ah.

PASSENGER *(Pause, then, shouting)* You have a beautiful country.

HE1 *(Shouting)* Thanks. ... Thank you.

PASSENGER *(Nodding, pause. Then, looking off, shouting)* Probably changed a lot since I was there.

HE1 *(Nodding, looking off, shouting)* Quite a bit.

PASSENGER *(Nodding, looking off, shouting)* I bet it would.

HE1 *(Nods, looks off. Pause. Then, shouting)*, Are you from around here?

PASSENGER *(Shouting)* Yeah.

HE2 *(Shouting)* Whereabouts?

PASSENGER *(Shouting, pointing left)* There.

HE1 *(Shouting)* ?... That house??

PASSENGER *(Shouting)* Yeah.

HE2 *(Shouting)* Are you going to work?

PASSENGER *(Shouting, pointing left)* Going to lunch.

HE1 *(Puzzled, pointing left)* Over there?

PASSENGER *(Shouting)* Yeah.

HE2 *(Puzzled, Shouting)* Where have you been?

PASSENGER *(Shouting, pointing right)* Breakfast.

HE1 *(After a moment, shouting)* You ride this ferry a lot.

PASSENGER *(Shouting)* All day, every day.

HE1 *(Looks off, nods. Pause, then, to **PASSENGER**)* That's great!

PASSENGER *(Agreeing, shouting)*. Yeah.

(End of Scene)

4-1. **HE2:** In A Thousand Words 212 More

I was born not too far from here, actually. In the Ohio River Valley. I sometimes say that I know what the soil tastes like here. Most my childhood was in this region.

I like most places I travel, especially countrysides. Cities are ok, and these days I like places with public transportation and nice parks and such. But I was born in a small country town. One grocery store, one candy store, one barber shop, one drug store with a soda fountain. I went back there about twenty years ago, and of course there are all sorts of changes. But there are still towns around this area that are not much different than what my hometown was like. Especially towards the southwest, near the river, you can still find general stores, and now and then even a soda fountain - not very many of those, I don't think. But I don't think I recall ever seeing another candy store, just that one. I remember it was run by a very old man, a little thin, a little quiet; it was, maybe, next to the post office, across the street from the drug store with the soda fountain, and caddy-cornered to the grocery store, which had loopy wooden floors, and one old register,

and people would charge things to their accounts.:

Maybe I like driving around the countryside because I like to see places that remind me of when I was a boy.... Or maybe I just like the feeling of old brick or old wood cafes and hardware stores, big old beeches and sycamore trees, little waterfalls on little creeks, covered wooden bridges. Who would not like it?

Country driving is a daytime thing. That's why he and I do most of the things we do in the daytime. Neither of us go out much in the evening, except for maybe to a theatre performance. Or we get together and watch Poirot. It's great.

(End of Scene)

5. Around the World in 80 Hours ... and Six Scenes

Cast **HE1**
HE2
AIRLINE AGENT 1
PILOT (Voice only)
AIRLINE AGENT 2 (Polish accent)
WAITER IN CAFE

SCENE 1

(Sitting in Cincinnati Airport)

HE2 ... What time is it?

HE1 8:40am.

HE2 They should be having us board soon. Isn't it usually a half hour before for domestic flights?

HE1 I think so.

HE2 Well, our flight's at nine... Ah, I think this is one of those smaller regional carriers, they just take a few minutes to board. We'll be fine. What time's the concert?

HE1 Seven o'clock tomorrow night. I think it's actually a recital.

HE2 Ah?

HE1 A trio, another trio, and a solo; something like that.

HE2 It sounds nice. We'll be fine.

HE1 ... What time is our flight out of Chicago?

HE2 Uh, *(Checks schedule)* 10:20am, but that's Chicago time, and they're an hour later than us. I double checked that. So we have almost a two hour layover.

HE1 Ah... Where's the....

HE2 ... But I don't think we get to use the lounge, because our tickets are issued through Northwest.

HE1 That's all right. Where's the....

HE2 We can ask.... What did you say?

HE1 Where's the airplane?

HE2 ? What do you mean?

HE1 I don't see the airplane. I think that's where it would park.

HE2 Oh. No airplane.

HE1 Are we at the wrong gate?

HE2 We checked on the monitors.

HE1 Maybe they changed it.

HE2 Let me go ask.

(HE2 goes to gate desk.)

AGENT 1 *(smiling)* Hi, sir. How can I help you?

HE2 Hi. I wanted to double-check that this is the 9:00am Chicago flight.

AGENT 1 Yep. You're fine.

HE2 Good. We noticed, there's no plane at the gate.

AGENT 1 Let's see; *(checking her computer)* We... show... an on-time departure! we should be boarding soon.

HE2 But the plane isn't here yet.

AGENT 1 It's a small, regional jet; they're in and out of here really fast.

HE2 OK. It's almost 8:45.

AGENT 1 The computer shows an on-time departure.

HE2 Thank you.

(Goes back to ***HE1****)*

HE1 What did she say?

HE2 She said it's on time.

HE1 ?... There's no plane.

HE2 ... I mentioned that.

(End of Scene 1)

SCENE 2

*(**HE2** and **HE1** in front of the **AGENT**'s counter)*

AGENT 1 Hi, how can I help you?

HE2 We're booked on the 9:00am Chicago flight. *(Shows her boarding passes)*

AGENT 1 Right, Dr. Gephart. I'm still showing it an on-time departure.

HE2 But it's, like, two minutes to nine, and there's still no plane. There aren't even any people out there.

AGENT 1 These are those small regional planes, they don't take much to come in and move right out.

HE1 But there's no plane.

HE2 What we were wondering is, we've got an international connection, and if you can put us on the Delta flight *(checks a note)* 2232, we should just make it.

AGENT 1 As long as the flight shows as on-time I can't move you to a different flight on another airline.

HE2 Right; but you're flight won't be on time, and the Delta flight will be boarding in around 5 minutes, and their plane is there.

AGENT 1 All I'm allowed to do is maybe move you to the 11am flight....

HE2 No, no; our connecting flight's at 10:20am Chicago time!

AGENT 1 And I don't think I can do that anyway. As long as my screen shows the flight to be on time.

HE2 ... But the flight can't be on-time! It's like, one minute before 9:00am and there's no plane.

AGENT 1 I understand, but my screen....

HE2 ... Your screen is not correct! It's... Check your own watch! It can't be on time! It still has to arrive, deplane, and re-plane before it can take off, if it doesn't have to refuel or re-something or has to delay for something else!

AGENT 1 All I can tell you is what my monitor shows, which is that....

HE2: The flight is not on time! Look out there! There's no plane out there to be on-time!

AGENT 1 Dr. Gephart, I'm only able to tell you what the screen shows, and....

HE2 The screen is wrong! There's no plane!

AGENT 1 Doctor Gephart! I have a bachelor's degree, in French, from your university! I even took your 8:00am 'Theatre Appreciation' lecture, which was pretty early in the morning, by the way... I am a very smart person, and I can see that the aircraft has not yet arrived. I can also see that you don't seem to see that what I see on my screen is all I am allowed officially to see!! ... Shame on me for losing my temper. I really apologize.

HE2 No; I apologize. It's, ... his fiance's giving a concert in Seoul, and we're flying there, staying two nights, and flying back.

AGENT 1 I understand.

HE2 If we miss our flight, there's no point in our even going.

AGENT 1 Believe me, I couldn't feel more, guilty, than I do right now.

HE1 Can't we go on the Delta flight?

AGENT 1 I just tried to move you over, and the computer won't let me.

HE1 What if we buy a ticket on Delta?

AGENT 1 Then you won't be able to board the Chicago flight until the security agents try to figure out how you got there without having flown there on this flight.

HE1 ... So we're stuck on this flight.

AGENT 1 I'm so...ooo sorry.

HE1 It's not your fault.

AGENT 1 The plane <u>should</u> be here soon, otherwise I'd think they'd have....

HE1 That's ok.

AGENT 1 Maybe your Chicago flight will be late, too. Let me....

HE2 Thank you.

AGENT 1 I wish I could do better.

HE2 How was my course?

AGENT 1 Very nice, but very early in the morning.

HE2 Sorry about that.

AGENT 1 It was.... *(On phone)* Hi, this is Sarah at gate 21, waiting on 3231. Yes. Hi, Jeff. Jeff, where is our airplane?

(End of Scene 2)

SCENE 3

(On board the aircraft. ***HE1*** *&* ***HE2*** *sitting side by side. The plane is bouncing around quite a bit.)*

PILOT'S VOICE ... Well, I gotta tell you, that's the quickest I've ever flown from Cincinnati to Chicgo. And apologies for the bumpy ride, but the low altitude makes for that. We've already started our approach to O'Hare, and the good news is we're coming in on a straight shot. We should be touching down right smack at 10:20am, local time, which should get at least some of you who have connections in pretty good shape to make them. Once again, apologies for the delay, and flight attendant, please prepare the cabin for landing.

(End of Scene 3)

SCENE 4

(On board the aircraft. ***HE1*** *&* ***HE2*** *sitting side by side. The plane is perfectly still.)*

PILOT'S VOICE: ... Ladies and gentlemen, it looks like they've finally given us a gate assignment, so it should just be a moment more, since our gate is literally right in front of us. It's A17 for those of you who still have time to try and make your connections; and here we are. If you would, please keep your seat belts fastened and aisles clear until they connect the exit way. It's big and our plane is small. Annnnnd, ... it should be just a moment, now ... ... here, ... should be... well, what the heck, eh? ... Allright: where is everybody?

(End of Scene 4)

SCENE 5

*(In front of the Chicago Agent's desk. **HE1** & **HE2** are talking to **AGENT 2**, who is working her computer.)*

HE2 I told them the flight would be late, but they kept saying no, it would be on time.

AGENT 2 I understand. *(**AGENT 2** keeps working on her computer.)*

HE2 I mean, even when it was already past 9 :00am, past departure time, they kept saying that the flight would be on time!

AGENT 2 I know. I don't like it when they do that. It makes us look stupid.

HE2 And it made us miss this flight. That plus the 30 minutes it took to find a ground crew to get us off the already very late flight.

HE1 We tried to get the Delta flight.

HE2 Yes. We....

AGENT 2 I'm sure the computer wouldn't let you.

HE2 What's with your computers?!

AGENT2 This isn't something they're good at.

HE2 I'd have to agree. ... His fiance is giving a performance.

AGENT 2 That's what you said.

HE2 That's the only reason we're even going there. For the concert tomorrow, then a day for their, stuff, and then the next day right back.

AGENT 2 I'm really sorry about this.

HE1 You can't put us on Korean Air? Or Delta?

AGENT 2 The last westbound international flight for the day, to... Tokyo, ... just left fifteen minutes ago. There are some connections through Los Angeles, San Francisco, Salt Lake

City, but for all of them you have to stay overnight.

HE2 So, if we'd been put on that Delta flight, we would have been able to somehow get on some flight that would get us there in time for his fiance's concert.

AGENT 2 What time is the concert?

HE2 I just said! It's tomorrow! That's why we're....

AGENT 2 Night?

HE2 ? What?

HE1 Uh, I think 7:00pm.

AGENT 2 *(Frowning)* Hmmm. How far from the airport?

HE1 Two hours. Not more.

HE2 ! ... What if you try to fly us eastward? Over Atlantic instead of Pacific? Maybe through ....

AGENT 2 I'm already working on it. Where's your luggage?

HE1 Just this *(points out three bags)*

AGENT 2 All right. You should carry it on, don't check it, ... do you have anything you can't carry onboard.

HE2 No.

HE1 No.

AGENT 2 Just a second. *(Prints boarding passes)*

HE2 You think you can ....

AGENT 2 *(Showing them the boarding passes)* I have you both leaving here on the American Airline to Paris, arriving 11:30am it's leaving right now, a six hour layover in Paris, and then into Incheon on Air France, arriving at 1:30pm.

HE1 Wow.

AGENT 2 And you know how to get from the airport to where you're going?

HE1 Sure, that's not a problem.

AGENT 2 Enjoy her concert.

HE2 Thank you very much!

HE1 ... Wow.

(End Scene 5)

SCENE 6

(Café in Senlis. A Jacques Brel song can be heard. ***HE1*** *&* ***HE2*** *are seated,* ***WAITER*** *waits on them.)*

WAITER Oui, messieurs?

HE2 Oui, deux cafés-croissants, s'il vous plaît.

WAITER Bon.

*(**WAITER** goes off.)*

HE2 I got us coffees & croissants, because I don't know how to say hard rolls and butter.

HE1 That's fine.

HE2 You're sure?

HE1 Sure, that's fine.

HE2 Good. My food-French is a little embarrassing. A few years ago I meant to order a ham and cheese sandwich but apparently asked for either a "Mister Rooster," or something even more inappropriate. Fortunately the waitress was alert to American oopses in the language.

HE1 We can smoke here?

HE2 I think so. Sure. Sometimes some places put a ban on from, like, 11am to 2pm for lunch; but they're smoking. *(**HE1** & **HE2** light up.)*

HE1 Where are we again?

HE2 Senlis. Fifteen minutes north from the airport.

HE1 It's beautiful.

HE2 It's really nice. I first came here by accident, trying to drive north to Luxembourg. It's

famous for it's medieval feel.

HE1 Exactly.

HE2 Lots of the buildings <u>are</u> medieval, but even the ones that aren't kind of, fit in.

HE1 It's beautiful.

*(**WAITER** returns with orders.)*

WAITER Messieurs.

HE2 Merci. Et on peut prendre deux eaux gazeuses pour emporter?

WAITER Pas de probléme.

*(**WAITER** exits.)*

HE2 I got us a couple of sparkling waters to go.

HE1 Good.

HE2 I think that's what I ordered.... I figure we have about two and a half hours before we need to be back at the airport, so let's see what we can see. Do you know Meaux?

HE1 I don't think so.

HE2 It's where Brie cheese was invented.

HE1 Oh. Brie de Meaux. Sure.

HE2 Let's go there after we walk a bit here.

HE1 Sure! I can't believe this.

HE2 It's not very far and almost on our way back to the airport.

HE1 Sure.

HE2 ... And I think there's an old abby or monastery, or something like that, on the way.

HE1 Sure.

*(**WAITER** returns with waters and bill.)*

WAITER Messieurs.

HE1 Merci.

HE2 Merci.

WAITER Autre chose?

HE2 Non, merci. *(**HE2** hands the waiter 15 Euros.)* Merci.

WAITER Merci, monsieur.

*(**WAITER** exits.)*

HE2 Well, then, we'll head in a direction, and see where that takes us, and what there is to see, and then go fly to a concert.

HE1 I can't believe this.

HE2 *(Toasting with coffee)* Salut.

HE1 Salut.

HE2 OK?

HE1 OK.

HE2 Let's go someplace.

(They finish their coffees, leave money on the table, and exit.)

(End of Scene)

5-1. **SHE:** In a Thousand Words 49 More

Yes, much better. And it turned out we both had some things - not everything - but some things in common. We both went to school in New York, we both travelled quite a lot, - and I was a little surprised about how much he knew about classical music.
I cannot remember exactly the first time when all three of us met. He had a lot of hair, pretty white. (Confidentially) He looked a bit like Santa Claus on a diet.
But I do remember the second time we all met; it was very charming.

(End of Scene)

6. ARIRANG 아리랑

Cast **HE2** — **SHE**
HE1 — **SISTER OF SHE**
FATHER OF HE1 — **WAITER**
MOTHER OF HE1 — **2ND WAITER**
SISTER OF HE1 — **WAITRESS**
NEPHEW OF HE1 — **GAYAGEUM PLAYER**
NIECE OF HE1

(Scene: The main scene is at a hotel private dining room in Seoul. In front of this scene (downstage) in a separate pool of light sits the ***GAYAGEUM PLAYER****, who plays 'Arirang'.)*

(The time is midway during the meal, and everyone except the ***FATHER OF HE1*** *is very actively involved in eating, drinking, and talking. We cannot distinctly hear what they are saying, but we can see that the conversations are casual. The* ***SISTER OF HE1*** *sits next to* ***HE2****, apparently explaining the multitude of food dishes, which* ***HE2*** *happily samples. The* ***WAITER, 2ND WAITER****, and* ***WAITRESS*** *move and serve in a subtle choreography.)*

(But the real center of the scene is the ***FATHER OF HE1****. Except for eating perhaps a small mouthful of two of food, he spends the entire scene looking at all of the people at the table, and all of the food at the table, with a look that seems to be a combination of happiness and gratitude.)*

107

(We watch them dine for approximately 100 seconds: the length of 'Arirang'. And as the music ends, it is -)

(End of Scene)

7. Oxford Courthouse's Wedding

Cast **HE1** (Dr. Sang-Kyu Park)
SHE (Dr. Eugene Park)
HE2 (Dr. Walter Gephart, Best Man)
JUDGE
LAWYER (Mrs. Cummings)
YOUNG MAN 1 (Prisoner's clothes)
YOUNG MAN 2 (Prisoner's clothes)
BAILIFF

*(Courtroom: Two young men in orange prison uniforms sitting at a bench, their **LAWYER** (Mrs. Cummings) sitting with them. **BAILIFF** enters with **HE1**, **SHE**, and **HE2**.)*

BAILIFF This is his court; must have just stepped out. He'll be right back.

HE2 Thank you.

JUDGE *(Entering)* My apologies, we're a little backed up. Dr. Park?

HE1 Yes.

JUDGE Nice to meet you. *(They shake hands.)*

HE1 Hi. Nice to meet you.

JUDGE And you must be Miss… Park also. *(They shake hands.)*

SHE Yes.

JUDGE It happens a lot with Korean names.

SHE Yeah.

JUDGE Well, it's so nice to meet you.

SHE Very nice to meet you.

JUDGE And what a pleasure to have you here today for this ceremony, which I don't get to perform nearly as often as I'd like.

HE2 Thank you for being, uh, available.

JUDGE It's a pleasure. - Mrs. Cummings, do you mind if we do this first?

MRS. CUMMINGS Of course not, your honor.

*(The **JUDGE** looks at the **TWO YOUNG MEN** questioningly.)*

YOUNG MAN 1 Sure.

YOUNG MAN 2 Sure.

JUDGE Thank you. - And you are?

HE2 Best Man.

JUDGE Great. *(They shake hands.)*

HE2 Nice to meet you.

JUDGE Nice to meet you all.

SHE Thank you.

HE1 Thank you very much.

JUDGE I'm Randy Rogers, I'll preside here today for the civil wedding that will join you, ... Eugene?

SHE Yes.

JUDGE Eu Gin; is that right?

HE1 Almost.

SHE Eugene.

JUDGE Eugene.

SHE Perfect.

JUDGE *(Pleased)* All right. That will join you, Eugene, and you, - Dr. Park, you're going to have to....

HE1 Sang Kyu.

JUDGE Sang Kyu.

HE1 Perfect!

JUDGE Like a French person saying "Thank you."

HE1 Exactly!

JUDGE *(Again pleased)* That's great. Well, as I said, we're here to join you, Eugene, and you, Sang Kyu, in marriage, according to the laws and statutes of the State of Ohio. Now, normally we have two witnesses for the ceremony.... *(glances at **MRS. CUMMINGS**)*

MRS. CUMMINGS Your Honor, It'd be my pleasure.

JUDGE Would that be all right with you?

SHE Of course.

HE1 Of course. It's very kind of you.

SHE Thank you.

MRS. CUMMINGS It's just my pleasure. I'm Doris Cummings.

HE1 Sang Kyu Park.

SHE Eugene Park.

HE2 Hi Doris. I'm Walter. Nice to meet you.

MRS. CUMMINGS I'm their attorney.

*(**YOUNG MEN** nod reasonably politely.)*

JUDGE All right then.

MRS. CUMMINGS Eu Gin? Is that right?

SHE Yes. Eugene.

MRS. CUMMINGS Forgive me, dear, but you are just so gorgeous.

SHE Ah! That's very sweet of you.

JUDGE All right, then. Well; we are gathered here today because Eugene...?

SHE Mm Hmm.

JUDGE Eugene and Sangk Kyu have decided to be joined in marriage. The essence of marriage lies in committing oneself to the other person entirely as a friend, confidant, companion, and lover. This decision should never be made light, but should be considered with utmost care, respect, and loyalty. Eugene and Sang Kyu are taking a step together and celebrating their love with the sanctity of marriage. And that is why we are here to celebrate their love with one another and give our blessings and wishes to them for a beautiful and happy marriage. Eugene and Sang Kyu, today you have come here with an intention to marry one another and join hands forever in a relationship many feel is a holy one, according to the religious persuasion you may follow. - It's all right I mention that?

HE1 Of course.

SHE Yes, of course.

JUDGE Thank you. Born a Baptist. Then if you would, may I ask you to repeat after me, Sang Kyu, you first. *(HE1 nods.)* I, Sang Kyu, take you, Eugene, to be my lawfully wedded wife.

HE1 I, Sang Kyu, take you, Eugene, to be my lawfully wedded wife.

JUDGE I promise from this day forward to be your faithful husband,

HE1 I promise from this day forward to be your faithful husband,

JUDGE - for better or worse, for richer or poorer,

HE1 - for better or worse, for richer or poorer,

JUDGE - in sickness and in health, to love and to cherish,

HE1 - in sickness and in health, to love and to cherish,

JUDGE - so long as we both shall live.

HE1 - so long as we both shall live.

JUDGE Eugene?

SHE MmHmm.

JUDGE I, Eugene, take you, Sang Kyu, to be my lawfully wedded husband.

SHE I, Eugenee, take you, Sang Kyu, to be my lawfully wedded husband.

JUDGE I promise from this day forward to be your faithful wife,

SHE I promise from this day forward to be your faithful wife,

JUDGE ... for better or for worse, for richer or poorer,

SHE ... for better or for worse, for richer or poorer,

JUDGE ... in sickness and in health, to love and to cherish,

SHE ... in sickness and in health, to love and to cherish,

JUDGE So long as we both shall live.

SHE So long as we both shall live.

JUDGE And do we have rings?

HE2 Right here. *(gives ring to **HE1**)*

JUDGE Sang Kyu, if you'd repeat after me again; With this ring I wed thee.

HE1 With this ring I wed thee.

JUDGE I shall love you, honor you, and cherish you,

HE1 I shall love you, honor you, and cherish you,

JUDGE ... for all the days of my life.

HE1 ... for all the days of my life.

HE2 Here. *(gives Eugene's ring to **MRS. CUMMINGS**)*

MRS. CUMMINGS *(touched)* Oh.

JUDGE Eugene?

MRS. CUMMINGS Here you go, dear. *(gives her the ring)*

JUDGE With this ring I wed thee.

SHE With this ring I wed thee.

JUDGE I shall love you, honor you, and cherish you,

SHE I shall love you, honor you, and cherish you,

JUDGE ... for all the days of my life.

SHE ... for all the days of my life.

JUDGE If any person here can show cause why these two people should not be joined in holy matrimony, speak now or forever hold your peace. ... Then by the power vested in me by the state of Ohio, I pronounce Eugene and Sang Kyu to be husband and wife. You may now kiss your bride.

*(**HE1** and **SHE** kiss.)*

MRS. CUMMINGS That was just lovely. Congratulations!

HE1 Thank you so much.

MRS. CUMMINGS I got goose bumps, of course.

SHE Thank you, Doris.

*(**SHE** and **MRS. CUMMINGS** hug.)*

MRS. CUMMINGS It was so much my pleasure, dear.

HE2 Congratulations! *(Hugs **HE1**, **SHE**)*

JUDGE Congratulations to you both. *(Shakes their hands)*

HE1 Thank you. And thank you for the ceremony.

JUDGE It really was my pleasure. Mrs. Park?

SHE Thank you, so much

JUDGE It was an honor. Good luck to the both of you.

HE2 Thank you, Judge.

HE1 Good bye.

SHE Good bye

MRS. CUMMINGS Good by & God bless.

HE2 Good bye.

JUDGE Good bye. Congratulations.

YOUNG MAN 1 Congratulations!

YOUNG MAN 2 Congratulations!

SHE Oh! Thank you! *(laughing)*

HE1 *(laughing)* Thanks!

*(**HE1**, **SHE**, & **HE2** exit.)*

JUDGE Well, that changes a person's day.

MRS. CUMMINGS That was just lovely.

JUDGE All right then. Let's see. Mrs. Cummings, I can give each of these two young gentlemen thirty days, suspended, but don't come here again like this. Will that be all right, gentlemen?

YOUNG MAN 1 Yes sir, that's great.

MRS. CUMMINGS Thank you, your Honor.

YOUNG MAN 2 Your honor.

JUDGE Bailiff?

BAILIFF Yes, sir. *(Removes prisoners' cuffs.* ***MRS. CUMMINGS*** *nods to them to follow the* ***BAILIFF****.)* Let's get your clothes.

*(**BAILIFF** and prisoners exit.)*

JUDGE Tea, Mrs. Cummings?

MRS. CUMMINGS You bet. Wasn't that lovely?

(They both exit.)

(End of Scene)

8. New York Idea

Cast **HE2** (*The only speaking role*)
HE1 (*In pantomime*)
SHE (*In pantomime*)
PIANIST (*In pantomime*)
STUDENTS (*In pantomime*)
REALTOR (*In pantomime*)
WORKERS (*In pantomime*)
INSPECTOR (*In pantomime*)
COOKS (*In pantomime*)
DELIVERERS (*In pantomime*)
CUSTOMERS (*In pantomime*)
VOICE FROM TELEVISION

(In the background, we hear an instrumental version of 'The Twelve Days of Christmas'.)

(As this scene is read, we watch a pantomime of the actions: a modern dance of sorts, including the goodbyes, the driving, the museum visits, her playing, him teaching, them bored, them planning the restaurant, realtor selling the restaurant, inspector inspecting the restaurant, workers working, inspector inspecting, more workers working, employees preparing, opening ribbon-cutting, customers coming, deliverers delivering, name-badges worn, waking up, going to work, going to bed, waking up, etc.)

- And then, they moved: to New York City. She had family there, and he'd gotten a nice job at a design school.... Of course I missed them, but I was not surprised. He was always a New Yorker at heart, and they both had their college studies there.

- And he'd always wanted to open a restaurant. So one day they got into their car, and off they drove; stopping, of course, on the way at the Hershey's Chocolate Museum in Hershey, and the original Zippo Lighter factory in Bradford, Pennsylvania.

- And, of course, after he'd been teaching a while and she'd played a bit, they started the ridiculously long process of renting, refurbishing, getting permits, getting more permits, and everything else you can imagine for opening a restaurant in New York City. But finally it was done, and at last they opened a restaurant.... I'd go and visit, and eat. Wonderful food; they wanted to be the best in the city; they must have come close. - I mean, <u>really</u> wonderful food. And J.B. and Robin - that's what they had customers call them - it was his idea - would work at that restaurant in incredibly long hours every day. I don't know how they have time for anything else.

*(The pantomime ends with **HE1** and **SHE** fast asleep in front of a television. We hear the **VOICE FROM TELEVISION**.)*

VOICE FROM TELEVISION And now, the Food Channel presents, ...

(End of Scene)

9. One Evening at Dinner

Cast **SHE**

HE1

HE2

SOMMELIER

WAITER

WAITER'S ASSISTANT

A WELL DRESSED WOMAN (Customer in the background)

A WELL DRESSED MAN (Customer in the background)

A VERY WELL DRESSED WOMAN (Customer in the background)

DAUGHTER OF THE VERY WELL DRESSED WOMAN
(Customer in the background)

Seven years after they left for New York. A fine restaurant in Asti, Italy, nicely decorated. In the background, there are two tables of customers who eat and who are served throughout the play (the actors/waiters and director can ad-lib this to give the overall movement of the play a choreographed flow), but they have no lines and are there more for completing the picture of the restaurant. To the far right sit the ***WELL DRESSED WOMAN*** *and the* ***WELL DRESSED MAN.****; to the far left sit the* ***VERY WELL DRESSED WOMAN*** *and the* ***DAUGHTER OF THE VERY WELL DRESSED WOMAN****. The main action is in the table which is placed in center of the room, where* ***SHE, HE1****, and* ***HE2*** *are sitting.*

*(At Dinner: **SHE, HE1, HE2**,: Towards the end of the bread and oil, beginning of the dinner. **WAITER'S ASSISTANT** brings in a second basket of breads.)*

*(**SOMMELIER** enters and pulls the cork of a wine bottle.)*

SOMMELIER Madame? *(**SHE** feels and smells the cork.)*

SHE *(Nodding to **SOMMELIER**)* OK.

SOMMELIER Bene. Madame.

*(The **SOMMELIER** pours an inch into **SHE**'s glass. **SHE** smells and swirls & tastes it.)*

SHE *(To **SOMMELIER**)* It's fine.

SOMMELIER Madame. *(**SOMMELIER** pours.)*

SHE *(To **HE2**)* Here, you take my breadsticks. Too salty for me.

HE2 *(Takes them)* Yay!

SHE You want more olive oil?

HE2 No, I'm fine. *(to **SOMMELIER**)* Thank you.

*(**SOMMELIER** leaves.)*

HE2 Where I first met you?

SHE The Shilla?

HE1 Was it?

SHE No, actually we met before then!

HE2 Where was the place?

SHE Ah. That was, ... I don't remember.

HE1 The Hilton.

SHE Are you sure?

HE1 The Hilton. I remember. For dinner.

HE2 Ah.

SHE No. Brunch buffet.

HE2 Ah.

HE1 Brunch? –Yeah, yeah.

SHE Yes. When we first met, we had Sunday brunch. It was very nice.

*(**WAITER** and **WAITER'S ASSISTANT** enter.)*

WAITER Here you are; Fruits de Mer for Madame, Steak Tartare for Monsieur, and wild mushrooms for the other Monsieur.

*(The **WAITER'S ASSISTANT** pours a round of wine.)*

HE1 Thank you.

SHE Thank you.

HE2 Thank you.

HE1 Wow, those look great!

WAITER They are from that mountain over there.

SHE Really?

WAITER *(shrugs)* I don't know, maybe this mountain over here. This morning, I think.

HE2 Wow.

HE1 Could we have another sparkling water?

WAITER Of course.

*(The **WAITER** leaves.)*

SHE Do you want ketchup?

HE2 Maybe I will just a little bit. But I don't want to offend him.

SHE They have it over there.

HE2 She's eating French Fries.

SHE I'll ask him when he gets back.

*(**WAITER** returns with Sparkling water. Pours.)*

WAITER Here you are.

HE1 Thank you. And could he have some ketchup?

WAITER Of course.

(End of Scene)

9-1. **HE1:** In A Thousand Words Some More

I enjoy drives in the country, any country, maybe just as much or even more than visiting famous landmarks in cities. Maybe they kid me a little because I love to visit Michelin starred restaurants. But, while I remember food and the service if it's really good, I just as much remember beautiful landscapes, charming cafes, and friendly cats we once played with in a medieval town in Spain. I used to remember bad things as well, especially bad food or bad service. But my very kind Japanese mentor in hospitality..., he told me that he also used to do that when he was young. But the real level of enjoying, he said, is that when you don't enjoy some things, then by tomorrow morning you should completely forget about it, because it's not worth it to remember. But enjoyable things, you can remember them as long as you like. That he calls is 'The World of Iki'. That's when I started a kind of learning, kind of like a meditation process. So if, like, when we have a humble lunch or breakfast, I don't think that the food should be at the five star level, or that the service should be at the five star level; but I really notice small things that are

done - in deco, in service, in the relationship between the customers and the staff - things that are done to encourage a pleasant experience. Like with Philips 27 and Bob Evans in our old days, or especially like this restaurant we went to once in Girona, and we watched this four generation family have dinner: I just, really appreciate, and love to watch when the people working in the restaurant, and the people visiting the restaurant, know how to,... how to, maybe, be an ensemble. Like a string quartet.

(Pause)

Maybe one more restaurant. There is a way I will want, and that's what I am... learning.

(End of Scene)

9-2. **SHE:** In a Thousand Words Some More

Yes: I'm,... I'm still looking for,... the right players to play with. That's it, the right players.
Yes. But it's not about the level of playing, but,... there's a certain level of playing, there's also a level of, partnership.
Or by myself. I can play by myself...- But of course I prefer ensemble. I miss it a lot. It's also about the, professional relationship; it's a communication, and sometimes it blossoms like a flower.
Yes. Doesn't matter. Quartet, quintet, or the, piano trio, piano quartet, ... but I prefer to have, like, a string quartet. So intimate.
Yes. Yes. That's the best.
Un Jen Ga.

(End of Scene)

9-3. **HE2:** In A Thousand Words Some More

This huge dog. I mean really, really huge: Labradoodle or something. It's owner would bring it by the restaurant almost every morning, and whatever they were doing: they'd stop and go outside to see the dog. Of course the dog had really come to see her: she's the one who'd have treats for the dog. I met him a couple of times. Huge dog. Nice, but really huge. I used to think, how lucky they were to be in the middle of a business block of New York City and to have a dog like that come around every day. I heard it passed away. That'll be a hard one to replace.

(Pause)

Do you know that we had over One Thousand Breakfast together? Ya farhati!

(End of Play)

The End